LE

MANUSCRIT

BLEU.

LILLE.

L. LEFORT, ÉDITEUR.

BIBLIOTHÈQUE

HISTORIQUE ET MORALE.

ARCHEVÊCHÉ DE CAMBRAI.

Pierre Giraud, par la miséricorde divine et la grâce du Saint-Siége Apostolique, Archevêque de Cambrai :

Dans la confiance que nous inspirent la maison et le nom de MM. Lefort, Imprimeurs-Libraires à Lille, et d'après la connaissance personnelle que nous avons de leur dévouement à la cause Catholique et de leur zèle pour la propagation des bons livres, nous recommandons la publication nouvelle qu'ils ont entreprise sous le titre de Bibliothèque historique et morale.

Donné à Cambrai, le 8 Août 1846.

† PIERRE,
ARCHEVÊQUE DE CAMBRAI.

PAR MANDEMENT :
DUPREZ, Chan. Secrétaire-gén.

Amélie finit par apercevoir à la tempe une petite tache de sang.

Lille, L. Lefort, Éditeur.

LE
MANUSCRIT BLEU

OU

LA JEUNE FEMME CHRÉTIENNE.

Par Mᵐᵉ L. B. D. C.

LILLE.

L. LEFORT, IMPRIMEUR-LIBRAIRE,

RUE ESQUERMOISE, 55.

1848.

A LA COMTESSE

HÉLÈNE ZAWADOWSKI.

Dans un de ces jours de la vie, marqués par
la Providence du sceau de la souffrance, vous
m'êtes apparue ; et ange de consolation, mêlant
vos larmes avec mes larmes, votre douleur avec
ma douleur, vous avez adouci leur amertume, et
calmé les angoisses de mon pauvre cœur......

Dès-lors, vous voir, entendre votre voix si douce,
fut pour moi du bonheur, et comme il est fugitif

en ce monde, votre départ est venu bientôt me
l'enlever ; mais ma pensée vous a suivie jusque
dans la noble ville des czars, et votre gracieuse
image est trop profondément gravée dans mon
âme, pour s'en effacer jamais !

C'est après vous avoir connue que j'ai esquissé
les traits de mon Amélie ; s'ils ont quelque vérité, je ne saurais m'en attribuer le mérite, n'étiez-
vous pas là pour m'inspirer ? C'est donc à vous
que je dédie cet ouvrage ; puisse-t-il vous plaire,
et reporter un instant vos souvenirs vers cette
belle terre de France, où vous avez laissé tant
d'amis !

PRÉFACE.

En entreprenant le travail que nous offrons
au public, nous n'avons pas eu le but, trop
présomptueux pour nos faibles moyens, de
composer une œuvre d'un grand mérite lit-
téraire ; mais nous avons cherché à présenter
les faits sous un jour vrai, évitant de les
revêtir de ces incidents prestigieux qui, ne
se rencontrant que dans l'imagination de ceux
qui les inventent, ne servent le plus souvent
qu'à donner des idées fausses à cette intéressante jeunesse toujours éprise du merveilleux, toujours portée à croire ce qui lui plaît,
à rejeter le positif de la vie pour se bercer
de vaines illusions.....

éloigné par leur peu de complaisance et de
douceur; s'il est donné à quelques mères de
comprendre qu'il est de leur devoir, comme
de leur bonheur et de celui de leurs enfants,
de les porter à la confiance, d'encourager et
de diriger vers le bien les penchants naissants
de leurs jeunes cœurs; si quelques jeunes
filles enfin contrariées dans leurs pieux désirs,
au lieu de donner prise à d'amers reproches,
tâchent de rendre la piété irréprochable en
elles par la bonté de leur caractère, l'égalité
de leur humeur, et leurs soins dévoués pour
les auteurs de leurs jours, nous aurons atteint
le but de nos efforts, et nous rendrons grâces
à Dieu d'avoir daigné nous permettre de
placer une petite pierre au grand édifice de
la perfection chrétienne.

LE MANUSCRIT BLEU.

CHAPITRE PREMIER.

Une arrivée aux eaux.

C'était dans le mois de juillet de l'année 1840, après une matinée bruyante et occupée, comme on les passe toujours dans ce séjour des eaux, où des malades, des convalescents, et même des personnes bien portantes de corps, venant y demander un remède contre cette maladie de l'âme qui se nomme l'ennui, se croisent et se recroisent; les uns, allant chercher dans des bains bien-

1

faisants un adoucissement à des douleurs aiguës,
les autres avalant à longs traits une eau limpide
ou bouillonnante, qui doit arrêter les progrès d'un
mal qui dévore tant de jeunes existences; frêles
plantes, qu'un vent d'automne suffit pour déraciner
et coucher tristement sur le sol !...... Après,
disons-nous, des heures si activement employées,
un grand calme régnait autour des différents hôtels qui, réunis dans une rue unique forment, en
y joignant quelques autres maisons rustiquement
bâties, le village du Mont-D'or. Seulement, de temps
à autre, on entendait le léger mouvement d'une
jalousie qui s'entr'ouvrait, dérobant aux regards une
tête de jeune personne, ou même un visage déjà
mûri par le temps, mais qu'un même sentiment do-
minait...... l'ennui ou la curiosité...... Tout-à-coup
un bruit lointain se fait entendre, l'oreille exercée
des teneurs d'hôtels le saisissent, et aussitôt les
voilà se précipitant sur leurs portes, et envoyant
leurs émissaires en éclaireurs; conservant même,
dans leur empressement et leur *désir d'accaparer*
les voyageurs qui s'annonçaient, une certaine dignité, tenant à honneur de se trouver au poste
pour recevoir ceux que leurs gens leur auraient
recrutés. Cependant, à l'espèce d'attente insou-
cieuse qui se peignait dans les regards de M. C.....
dont l'hôtel, situé presque à l'entrée du village,
est le rendez-vous habituel des vieilles aristocra-

ties , aux antiques souvenirs , il était facile de deviner qu'il avait l'assurance d'être cette fois l'heureux privilégié qui allait compter parmi ses hôtes
les nouveaux arrivants : en effet , quelques minutes
suffirent pour que le véhicule dont le bruit éloigné
avait ému tant de gens, éveillé tant d'espérances ,
eût franchi la côte rapide qu'il faut traverser pour
arriver dans cette vallée abritée par les montagnes
qui l'entourent et la dominent ; on ne l'aperçoit
en effet que lorsqu'on y est déjà, et que les
maisons et l'établissement des bains qui composent le village , vous apprennent qu'après un voyage
pénible vous êtes enfin arrivé.

Bientôt un coupé bas et commode, comme ceux
que le monde fashionable a protégés de sa sanc-
tion , parut aux regards curieusement avides des
hôteliers, et une phalange de mendiants vint subitement encombrer l'entour de la voiture, demandant , au nom de Celui qui est le maître de
la santé et de la vie , une obole qui leur fut jetée
par la main blanche et amaigrie d'une femme
couverte d'habits de deuil , et dont la démarche
languissante et le corps légèrement courbé dé-
celaient un état de souffrance, et inspiraient dès
le premier abord cet intérêt instinctif que l'indifférent même éprouve à la vue d'un être faible ,
ployant ou sous le poids de la douleur, ou sous
celui de l'infortune..........

Cependant l'hôtel de M. C. qui, selon les prévisions de son propriétaire (fondées sur une lettre
reçue le matin même), avait été choisi pour le
marquis et la marquise de L., pour leur donner
abri pendant le reste de la saison des eaux,
déjà un peu avancée, fut bientôt tout en rumeur, afin de procurer le plus promptement
possible aux nobles voyageurs tout ce que réclamait l'état de fatigue dans lequel ils se trouvaient...... En effet, tous deux jeunes encore, tous
deux atteints du même mal, quoiqu'à un degré
bien différent, avaient besoin que des mains étrangères vinssent leur porter les secours que nécessitait leur intéressante position, impuissants qu'ils
étaient de se soulager mutuellement. La marquise
surtout, incapable de se mouvoir, tant le long
trajet qu'il lui avait fallu parcourir pour venir du
fond de la Bretagne, où elle habitait un ancien
manoir, avait épuisé ses forces, ne cessait pourtant de penser à la fatigue que devait ressentir
son époux, et par des questions pleines du plus
tendre intérêt cherchait à connaître tout ce qu'il
éprouvait; mais le marquis lui ayant répondu avec
une certaine humeur de songer à elle et pas à
lui,..... la jeune femme se tut. La vue d'une
charmante petite fille de quatre ans qui parcourait
en sautant le salon d'honneur, qui avait été assigné
à ses parents, fit bientôt errer un délicieux sou-

rire sur les lèvres pâles de la marquise; et dans
ce sourire, que faisait naître la gaieté naïve de la
délicieuse enfant, il y avait toute l'âme d'une
mère !....... le marquis paraissait plus ennuyé que
récréé par ses jeux un peu bruyants, et il ne tarda
pas à retrouver la parole qu'il semblait avoir perdue, pour lui dire assez rudement de se taire. La
réprimande inattendue de son père fit rougir la
chère petite, et de grosses larmes vinrent gonfler ses jolis yeux......

La marquise en fut vivement peinée, et prenant
Marie (c'était le nom de l'enfant) sur ses genoux,
elle passa ses doigts effilés dans les boucles blon-
des de sa chevelure, et ce délassement maternel
lui fit bientôt oublier qu'elle devait songer au
repos......

« En vérité, Amélie, vous êtes inconcevable;
exténuée, n'en pouvant plus, vous vous chargez
encore d'un pareil fardeau !..... » La douce femme
déposa aussitôt sa fille sur le coussin qui était à
ses pieds...... Et cependant elle trouvait un charme
inexprimable à la presser sur son cœur, à considérer ce charmant visage sur lequel brillait encore une larme, semblable à une goutte de rosée
sur le calice d'une fleur ! mais l'habitude de
l'abnégation dans les plus petites choses de la vie
lui était familière; elle n'avait conservé de force
de volonté que pour le bien. Cette disposition de

son âme n'était pas chez elle un penchant naturel ; mais le fruit d'un grand empire qu'elle avait su acquérir sur elle-même, et le résultat de la connaissance qu'elle avait du caractère de son mari, qui ne pouvait souffrir une contradiction directe et qui s'irritait de la moindre divergence d'opinion.

Après ce petit incident, un long silence s'établit ; heureusement un léger repas, porté sur la table ronde auprès de laquelle étaient assis les deux époux, rompit le cours de leurs idées et devint avec la *cameriste* qui le servait le sujet d'une digression sur le genre de nourriture prescrit impérativement par l'habile, mais inflexible docteur B. qui ne tolère en ce genre aucune espèce d'infraction à la règle. Son despotisme est bien nécessaire dans un lieu où aucun genre d'imprudence ne saurait être indifférent. La marquise ne put avaler qu'une tasse de bouillon ; et, soutenue par Charlotte, sa fidèle suivante, passa dans la chambre voisine où un bon lit lui avait été préparé. Quant à son mari qui, dans le premier moment, semblait dédaigner les mets servis devant lui, il finit par y faire honneur de telle sorte qu'une bienfaisante sieste vint *un peu* réparer les insomnies du voyage.

Sur ces entrefaites, le docteur B. fut introduit auprès de la marquise ; son œil investigateur fut

aussitôt frappé de l'état de souffrance peint sur son
angélique physionomie, il s'approcha de son lit,
et après lui avoir tâté le pouls, qu'il sentit à
peine, tant il était faible, il lui demanda quel
était le médecin qui lui avait conseillé, dans son
état d'anéantissement, un déplacement aussi fa-
tigant....., La marquise comprit toute la portée de
cette demande et se hâta de répondre : « O monsieur, je vous en prie, ne dites point à mon mari
ce que vous pensez de mon état, il a besoin de
conserver des illusions ; il est si malade lui-
même !...... pas autant que moi cependant, ajouta-
t-elle en baissant la voix..... et c'est parce que des
soins assidus peuvent encore le sauver..... que je
suis venue avec lui ici, sachant combien ceux que
vous lui donneriez pourraient être efficaces......
lui, ne voulait pas venir sans moi ; alors j'ai dit
un jour : Edmund, partons. »

La marquise, craignant que son mari, sortant
de son état de somnolence, ne vînt l'empêcher de
confier au docteur tout ce que son cœur d'épouse
dévouée lui inspirait, avait parlé avec tant de
rapidité que lorsqu'elle se tût, une violente quinte
de toux acheva de révéler à monsieur B. toute la
portée du mal qui la dévorait......

Quoique plein d'une secrète admiration pour
cette jeune femme qui, en quelques minutes, lui
avait dévoilé les chastes secrets de sa belle âme,

il chercha à cacher son émotion profonde, sous
l'enveloppe d'une feinte brusquerie. « Allons donc,
madame, votre imagination vous emporte au-delà
des limites du vrai, vous avez fort mal interprété
ma pensée..... seulement il vous faut beaucoup de
repos, quelques bains mitigés, et surtout respirer,
pendant plusieurs heures chaque jour, l'air si pur
et si balsamique de nos bois de pin. »

En écoutant ces paroles, la marquise sentit
qu'elle avait été comprise, et remercia le docteur
de ses faciles ordonnances; il allait se retirer,
quand le marquis parut; un court sommeil avait
suffi pour rendre du calme à ses traits; mais à
la rougeur de ses pommettes saillantes, monsieur
B. comprit la vérité de tout ce que lui avait dit
la marquise, et après lui avoir donné rendez-vous
pour le lendemain dans son cabinet, et lui avoir
répété les prescriptions données à son intéressante compagne, il prit congé des deux époux, le
cœur partagé par une douce pitié et une consolante
espérance.

Avant le coucher du soleil de cette journée, qui
avait été d'une chaleur excessive, on entendit le
piaffement de plusieurs chevaux et cette espèce de
rumeur bruyante, provoquée par la joie tumultueuse
qu'accompagne presque toujours une cavalcade.

Le marquis se mit à sa fenêtre avec cette sorte
d'empressement indifférent, qui nous porte à re-

garder des inconnus ; mais quel fut son étonne-
ment en apercevant, couvert de poussière, un cigare à la bouche (malgré la présence de nobles
dames), et une cravache à la main, un de ses
plus chers amis d'enfance, qui, d'écolier étourdi
et de faible rhétoricien, s'était travesti en *lion*.....
Travesti, c'est le mot ; car il n'en avait que la
barbe touffue, le cigare, la tenue négligée, le
verbe haut, mais au fond avait conservé quelques
principes, joints à une aimable gaieté. « Amélie,
Amélie, dit à haute voix le marquis, Charles
Duvergne est ici.....» Et la pauvre Amélie, qui
commençait à sommeiller et que cette exclamation
réveilla péniblement, laissa échapper ces mots :
« Tant mieux..... tant mieux pour toi, mon ami. »

CHAPITRE II.

Charles Duvergne.

COMME la première question de cette gent nomade que l'on nomme *coureurs d'eau*, en revenant de ses excursions quotidiennes, est de demander... « Est-il arrivé de nouveaux hôtes ici? » La venue du marquis et de la marquise de L.... fut promptement connue, et Charles Duvergne, en entendant ce nom bien présent à ses souvenirs de collége, s'écria : « Le marquis de L.... ici, quelle heureuse fortune !..... »

Jacques, bon montagnard, revêtu de la charge de valet d'hôtel, s'offrit aussitôt pour lui indiquer l'appartement des nouveaux hôtes, et en deux bonds le jeune fashionable ayant franchi les quelques marches qu'il fallait monter pour y parvenir, se trouva entre les bras de son ancien compagnon d'études..... « Emmanuel !.... toi aux eaux, à cent lieues de la capitale, mais quel prodige, tu es donc bien changé depuis ta sortie du collége, car si mes souvenirs ne me trompent pas, tu étais toujours de l'arrière-garde dans nos promenades hebdomadaires ; le moindre voyage te causait de l'ennui...... j'aurais cru qu'en *vieillissant* tu n'aurais jamais quitté tes pantoufles, et tu as......» Ici le marquis qui commençait à s'impatienter de cette longue tirade, l'interrompit en lui disant avec un sourire sardonique..... « Et moi, cher ami, j'aurais cru, qu'en contractant *ce même défaut* tu aurais perdu celui de parler sans réfléchir, de regarder sans voir......» En effet, il n'eût fallu que jeter un coup-d'œil sur le marquis, pour apercevoir sur son visage altéré les symptômes d'une souffrance chronique.

Charles, dont le cœur était excellent, se repentit d'avoir pu affliger son ami, et chercha à réparer son étourderie en compatissant aux douleurs du marquis qui aimait un peu à être plaint, et en lui demandant de longs détails sur la vie qu'il avait menée depuis leur départ du collége Bourbon, où ils avaient terminé leurs études. « Je ne t'en épargnerai pas, mon cher ; mais avant tout il faut que je t'apprenne que bien que je sois souffrant, je ne suis venu ici que pour ma femme, qui me cause les plus vives inquiétudes.

» — Comment, ta femme, reprit Charles vivement, tu es donc marié ?.....

» — Oui, je suis marié depuis cinq ans à une admirable créature, qui n'a d'autre défaut que d'être d'une santé déplorable..... être garde-malade à trente ans, c'est une chose bien pénible, dit le marquis en soupirant. » Et dans cette exclamation, que lui arrachait l'état de sa digne épouse, il y avait peut-être plus d'égoïsme que de véritable amour..... Ce n'est pas ainsi qu'Amélie eût parlé d'Emmanuel.... c'est qu'il y avait entre eux deux toute la distance qui existe entre un cœur dans lequel la religion a épuré tous les sentiments, et celui qui ne suit que la pente de ses natives sensations.....

Pour en revenir à nos amis, ils devisèrent long-temps ensemble, mais parlant souvent à la fois et avec une égale véhémence. La cloche du dîner vint les forcer à se séparer, sans qu'ils se fussent dit ce que chacun voulait savoir de l'autre.....

« Tiens, Charles, dit le marquis en l'accompagnant jusqu'au pallier de l'escalier, tu seras toujours le même ; brouillon par excellence, mauvaise tête et bon cœur.

» — Merci du compliment, cher marquis, mais je te pardonne en faveur des fatigues du voyage ; demain j'espère que tu seras d'une humeur moins sombre, et qu'après m'avoir présenté à ton *heureuse* compagne, tu me conteras ton histoire dont je ne sais qu'un mot, bien grave à la vérité, c'est que.... tu es marié.

..... » — Quel fou que ce Charles, pensa le
marquis en refermant sa porte lentement...... c'est
égal, c'est un excellent garçon et je suis charmé
qu'il soit ici ; nous pourrons faire quelques courses
ensemble...» et le voilà qui s'assied nonchalamment
sur un de ces grands fauteuils, d'une paresseuse
confortabilité, formant mille projets que la rencontre de son ami faisait subitement éclore dans
sa mobile et capricieuse imagination, oubliant ses
ennuis de mari *garde-malade*, et même l'état de
sa pauvre femme que, dans sa joie de retrouver
Charles Duvergne, il avait si malencontreusement
réveillée.

Depuis ce moment, la marquise avait cherché
vainement à retrouver un sommeil qui s'était si
promptement évanoui, et par de pieuses pensées
procurait à son âme ce doux repos qui fuyait son
corps..... Qu'il est heureux celui à qui il a été
donné de comprendre et de goûter tout ce qu'il y a
de paix et de consolation dans cette élévation du
cœur vers Dieu, que l'on nomme *la prière!* Pour
lui, il n'y a point de véritable peine, de croix
accablante, de sombre désespoir..... S'il souffre,
il demande à l'Auteur de toute consolation de jeter
un peu de baume sur les plaies de son âme,
comme sur celles de son corps; s'il se sent défaillir sous le poids d'une peine excessive, il
supplie le divin Père, *que nous avons aux cieux,*

de lui venir en aide afin qu'il ne succombe pas
à la terrible épreuve. Si le murmure cherche à
arriver sur ses lèvres, il prie le Sauveur d'y placer
des paroles de foi, d'espérance et d'amour; et le
Seigneur, touché de son humble confiance, fait
couler dans son âme, selon les paroles de l'Ecri-
ture, *ce fleuve de paix qui l'arrose* et lui donne
une nouvelle vigueur pour supporter de nouvelles
tentations et de nouvelles douleurs !.....

La marquise, élevée sous l'aile de Dieu même,
à l'ombre du sanctuaire, avait compris, à l'âge où
trop souvent on place le bonheur dans les jouissances si vaines du monde, que la véritable félicité se trouve uniquement dans la pratique constante de tous ses devoirs; pratique rendue facile
et douce par le contentement intérieur, qu'une
piété tendre et éclairée procure à l'âme du vrai
chrétien.

Aussi, malgré l'état maladif dans lequel elle
était plongée depuis la naissance de sa chère Marie,
malgré les froissements secrets d'un cœur dont
le marquis ne pouvait deviner toute l'exquise dé-
licatesse et l'admirable dévouement, elle goûtait
un calme si grand, qu'en la voyant, on éprouvait
ce sentiment profond de respect et d'admiration,
que nous cause la vue d'un objet sacré, d'un être
visiblement béni de Dieu. Oh ! c'est que la souffrance, supportée avec une pieuse résignation, est

comme une onction sainte, qui marque d'un sceau
divin les êtres que le Seigneur s'est plu à *visiter*,
selon la touchante croyance de l'Eglise.

Cependant M. de L., après avoir formé le plan
de mille choses à faire en commun avec son ami,
alla tout joyeux en faire part à sa femme, dont
la chambre était contiguë au salon qu'il venait de
quitter, et qui séparait celle qu'il devait occuper
lui-même. Amélie, en écoutant son mari raconter
gaiement son entrevue avec Charles Duvergne, ne
put s'empêcher de remercier Dieu, qui fournis-
sait ainsi à celui qu'elle aimait tant à voir satisfait, une occasion de se distraire et de changer le
cours de ses idées.

En effet, le marquis l'embrassa avec effusion,
et la quitta en lui souhaitant tout simplement une
bonne nuit, sans y joindre les lamentations habituelles qui accompagnaient presque toujours ses
adieux, quand il était ennuyé.

« Charlotte, dit la marquise, dès que son mari
fut parti, il faut songer à coucher Marie et à prendre toi-même un peu de repos..... Amène-moi
mon enfant, que je la bénisse et que je la presse
contre mon cœur, et puis, laisse la porte de sa
chambre ouverte, je serais trop inquiète si elle
était fermée, et la nuit me semblerait trop longue
si je n'entendais pas le doux murmure causé par
la respiration de ma fille chérie. »

Charlotte, après avoir fait à sa maîtresse plusieurs représentations, qui accompagnaient presque toujours les ordres qu'elle recevait d'elle,
finit par obéir, et quand dix heures sonnèrent,
le plus grand calme régnait dans tout l'hôtel, car
le docteur B. avait marqué solennellement cette
heure comme étant celle du *couvre-feu*.

Cette régularité est indispensable pour des malades qui sont éveillés tous les matins à l'aube du
jour par une allée et venue continuelle de chaises
à porteur, s'entre-choquant dans les étroits cor-
ridors des différents hôtels. Ces chaises sont destinées à conduire à l'établissement ou à en ramener les nombreux baigneurs, forcés d'adopter
ce genre de locomotion pour dérober aux regards
leur *élégant* costume, consistant en un grand pei-
gnoir de bure et une calotte de toile cirée, et
surtout pour éviter tout refroidissement...... mais
en vérité il faut, la première fois qu'on entre dans
une de ces cellules de sapin, une certaine détermination, car elles ressemblent, sauf l'espèce de
lucarne pratiquée au milieu de la porte, à des
cercueils posés verticalement.

M. de L., qui avait dormi paisiblement la plus
grande partie de la nuit, n'en éprouva pas moins
d'ennui d'être réveillé plusieurs heures avant celle
à laquelle il avait coutume de l'être; et si la
perspective de revoir Charles et de lui raconter

J'histoire de tout ce qui lui était advenu depuis leur séparation, n'avait rempli son esprit d'agréables pensées, il ne serait arrivé auprès de la marquise que pour lui faire un narré circonstancié de ses moindres douleurs, de ses souffrances les plus éphémères.

Au lieu de cela, quand le bruit croissant avec le jour lui eut appris que le moment était venu où les *buveurs*, réunis sous les arcades de l'établissement, se promènent de long en large avec une grande rapidité (toujours selon les ordres du docteur B. qui sont religieusement exécutés), il sortit de son lit fredonnant une chanson bretonne, déterminé à braver l'espèce de courbature qu'il ressentait dans tous les membres, pour aller jouir de plus près du panorama vivant qui s'offrait à sa vue......En descendant, il se sentit pris par la taille,..... et un long éclat de rire lui révéla la présence de son ami.

« Tu es matinal, marquis, dit Charles, c'est comme cela qu'il faut faire aux eaux; malade ou non, suivre la loi commune, c'est le seul moyen de ne pas y mourir d'ennui..... allons, donne-moi le bras, car tu ne parais pas très-bien remis de tes fatigues d'hier.

» — Ni toi de ta manie de bavarder, sans qu'il soit possible aux honnêtes gens qui causent avec toi de placer un mot, reprit le marquis, mais

puisque tu as une loquacité incessante, dis-moi au
moins ce qui m'a procuré l'avantage inestimable
de te rencontrer ici.....

» — Belle question vraiment, et ma *frêle santé*
qui se trouvait fort mal de humer la poussière des
boulevards, et de n'avoir d'autres distractions que
celles du grand-opéra où je m'ennuie d'une manière désespérante.....» et en disant-cela, Charles
bâillait de souvenir; et le marquis, en regardant
son visage frais et arrondi, ne put s'empêcher de
lui appliquer ce proverbe banal : « aux grands
maux les grands remèdes. »

Arrivés près d'un banc de pierre, les deux
amis s'y assirent; et Charles, oubliant qu'il *devait*
boire un énorme verre d'eau pour guérir les souffrances *qu'il n'avait pas*, se mit à conter au marquis comment, après avoir fini ses études, il
avait été en Dauphiné recueillir la riche succession
d'un oncle respectable auquel *il avait eu le bonheur de fermer les yeux*, que de là il était re-
tourné quelques années après à Paris pour y faire
son droit, et que ses parents, dont il était l'unique
consolation en ce monde, se trouvant le seul
débris d'une nombreuse lignée, se décidèrent alors
à quitter Grenoble pour venir se fixer à Paris. Leur
but était de procurer à leur fils toutes les douceurs
de la maison paternelle, et de le couvrir de cette
égide tutélaire que l'on appelle les sentiments de

famille, qui le préservèrent des écueils dans lesquels tombent presque toujours ceux qui les méprisent et en méconnaissent la bienfaisante influence. Il ajouta que son voyage aux eaux lui avait fait perdre une *inscription*, mais qu'il recouvrerait le temps perdu à son retour, et que d'ailleurs à vingt-sept ans on avait encore devant soi un long avenir pour devenir avocat et même docteur...... « Vois-tu, marquis, le grave Charles Duvergne, docteur en droit...... en vérité, pour la singularité du fait, je veux joindre cette dignité sonore à mon nom qui, entre nous, l'est assez peu......

» — Est-ce tout, monsieur le docteur en herbe? dit le marquis, impatient de faire connaître son histoire à son ancien ami, puis-je enfin commencer mon......

» — Comment donc, je ne dis plus mot et j'écoute..... mais ne sois pas aussi long qu'autrefois, quand tu faisais des *amplifications* françaises : t'en souviens-tu ?

» — Ne crains rien, je serai bref, puisque, de la part des autres, tu crains tant les digressions importunes. »

CHAPITRE III.

Histoire du marquis de L.

« Tu n'ignores pas, mon cher Charles, que mon père avait été appelé à l'honneur de commander une des plus importantes divisions militaires du royaume. Par suite des évènements politiques, il rentra dans ses foyers et ne voulut pas que je continuasse les études que j'avais commencées, dans le but d'entrer à Saint-Cyr. Comme, à te parler franchement, j'étais enchanté d'échanger un travail assidu et qui était fort peu de mon goût contre le doux *farniente* des champs, j'accédai aux vœux de mon père, avec une promptitude qui lui causa une grande satisfaction.

» Quant à moi, sans me rendre compte jusqu'à quel point je méritais les louanges que m'attirait ma docilité, je finis, à force d'entendre répéter mon éloge, par me montrer, en paroles du moins, à la hauteur des jugements favorables

de mon bon père. Auprès du château héréditaire
(dont le séjour finissait par me paraître monotone),
se trouvait situé un vieux castel habité par Mme la
comtesse de Boursabiec. Mon père allait de temps
en temps visiter celle qu'il appelait sa vieille amie.
Cette qualification respectable excitait en moi un
faible désir de faire sa connaissance, et mes goûts
casaniers me servaient auprès de mon père de
prétexte pour m'exempter de l'accompagner. Cependant, un jour qu'il devait aller la voir, il me
fit venir et me dit assez impérativement : « Emmanuel, préparez-vous à m'accompagner chez Mme la
comtesse de Boursabiec, nous partirons dans une
heure...... »

« Peu habitué à recevoir des ordres exprimés
d'une manière si formelle, j'étais prêt à chercher
à m'y soustraire par une partie de chasse ou de
pêche, quand, levant les yeux sur mon père, je
crus y saisir un regard de malicieuse gaieté qui
me fit accéder de bonne grâce à ce qu'il venait de
me dire...... Les quatre mortelles lieues qu'il fallait parcourir pour arriver au castel de Kerseut,
demeure de Melle Boursabiec, ne pouvaient être
franchies que par les petits chevaux du pays,
habitués à fouler un sol sablonneux, entrecoupé
par des débris de racines ou des plants entiers
de bruyère, qui ont une prodigieuse végétation
dans cette partie de terres nommée *landes* de

Bretagne. Nous enfourchâmes donc, mon père et moi, les deux modestes montures qui nous servaient à faire nos courses de voisinage, et au bout de deux heures nous nous trouvâmes en face d'un pont-levis qui s'abaissa à notre approche, et nous entrâmes dans la cour d'honneur du château de Kersent.

» Bientôt nous aperçûmes Melle de Boursabiec qui, du haut d'un majestueux perron, accueillit notre bienvenue d'un sourire protecteur ; elle était accompagnée d'une jeune personne qu'elle présenta à mon père comme la fille unique du comte de Kersent, son beau-frère.

» Le comte, enlevé à la fleur de l'âge, par une longue et douloureuse maladie, lui avait confié cette fille chérie, en lui faisant promettre de la faire élever dans un des meilleurs couvents de Paris, selon le vœu qu'avait exprimé l'épouse bien-aimée qui l'avait précédé dans la tombe quelques années auparavant, et de ne l'en retirer que lorsqu'elle aurait atteint sa dix-huitième année. Doublement fidèle à ses serments en sa qualité de chrétienne et de bretonne, Melle de Boursabiec, malgré son inexpérience des voyages, conduisit sa nièce, alors âgée de treize ans, à Paris, dans une de ces pieuses communautés consacrées à l'éducation des jeunes filles, et revint ensuite à son château.

» Les changements survenus dans nos mœurs depuis tous nos bouleversements politiques, devinrent pour elle à dater de cette époque, une source intarissable de regrets sur un temps *qu'il ne lui était pas donné, hélas! de faire renaître.* Or, Melle Amélie de Kersent venait d'atteindre l'âge prescrit par ses parents pour la retirer du couvent; et sa tante s'était empressée de la faire revenir auprès d'elle...... Je commençais alors à trouver que mon père pouvait avoir eu de fort bonnes raisons pour me présenter à Melle de Boursabiec, et par suite à sa nièce..... »

Malgré l'intérêt avec lequel Charles écoutait le récit de son ami, il l'engagea à l'interrompre, afin de prendre un peu de repos, une toux sèche et réitérée annonçant la fatigue de poitrine qu'il éprouvait. Le marquis le remercia de l'avertissement dans lequel il crut reconnaître le désir qu'éprouvait Charles de dire un mot aux nombreuses connaissances qui, tout en se promenant, lui lançaient un regard ami, ou un gracieux salut, ou un aimable sourire.

« Cet homme est impayable, pensa le marquis, arrivé depuis huit jours aux eaux; il connaît chaque individu par son nom, et se fait ami de tout le monde; je ne puis, en vérité, comprendre une telle banalité...... au fait, laissons-le avec ses nouveaux amis, et allons voir comment cette pauvre Amélie

aura passé la nuit...... Il est vrai, ajouta-t-il en
lui-même, pour faire taire un certain remords
qu'il éprouvait de ne pas s'être informé de ses
nouvelles, il est vrai que parler de notre première
entrevue, c'est encore m'occuper d'elle. »

Là-dessus il se leva, reprit le bras de Charles
qui l'avait rejoint, et tout en s'acheminant vers
l'hôtel, continua ainsi son récit : « Puisque, mon
cher Charles, tu n'aimes pas ce que tu appelles
malicieusement des *amplifications*, je te dirai en
deux mots que je renouvelai plusieurs fois avec
mon père, et sans me faire prier, mes visites au
château de Mᵉˡˡᵉ de Boursabiec, et qu'au bout de
quelques mois je devins l'époux d'Amélie de
Kersent. Il y a quatre ans environ qu'elle me
rendit père d'une petite fille que, dans son amour
excessif, elle voulut nourrir, malgré mes justes
représentations. Il est vrai qu'elle avait été jusqu'alors d'une santé parfaite ; mais à dater de ce
moment elle dépérit visiblement ; et malgré tous
les soins que je ne cesse de lui prodiguer, elle
me cause les plus vives inquiétudes. Ma santé est
aussi très-ébranlée, le chagrin me consume ; oubliant mes vives souffrances, je n'ai point hésité
à faire un voyage qui me contrariait fort ; car nous
avons perdu, il y a trois mois seulement, la tante
d'Amélie qui lui a légué une fortune considérable,
et j'aurais désiré liquider entièrement les affaires

qui résultent de cette succession avant notre départ ; mais la saison s'avançait, et puis, devant un intérêt aussi grave que la santé de ma femme, je devais faire taire tous les autres. »

Arrivés à l'hôtel, les deux amis se séparèrent, et le marquis entra dans la chambre d'Amélie, qu'il trouva levée, et tenant sa petite Marie sur ses genoux.

« Toujours cette enfant entre vos bras, on dirait en vérité que vous n'êtes pas assez exténuée, » dit Emmanuel, tout en déposant un léger baiser sur le front décoloré de la marquise et sur les jolies joues roses de sa fille, « et la nuit, comment s'est-elle passée, ajouta-t-il plus doucement ?

» — Un peu agitée.

» — C'est-à-dire très-mauvaise sans doute ; je ne peux jamais obtenir le dernier mot de ce que tu éprouves, Amélie...... » Ces paroles, prononcées d'une voix légèrement émue, firent passer une rougeur fugitive sur le visage de la marquise qui, par le plus tendre regard, remercia son mari de vouloir bien ainsi s'intéresser (quoique un peu tardivement peut-être), à l'état de sa santé.

Après avoir fait à son mari les mêmes questions sur ce qu'il ressentait et lui avoir épargné l'ombre d'un reproche sur le peu d'empressement qu'il avait mis à venir près d'elle, elle lui demanda gaiement s'il lui serait donné de connaître ses

projets pour le reste du jour. « Mes projets, chère
Amélie, sont encore fort peu arrêtés, je te dirai
cependant que ce matin j'ai revu Charles, qu'il
m'a promis de remonter avec moi après-midi, et
qu'alors nous arrangerons quelque chose ensemble...... » Ici, le coup de la cloche du déjeuner
vint avertir les baigneurs qu'il fallait songer à
s'habiller. Emmanuel quitta sa femme pour faire
une toilette aussi élégante qu'elle paraissait négligée au premier abord.

CHAPITRE IV.

Une cavalcade.

LE marquis alla bientôt prendre place autour
de la table en fer à cheval, dressée dans la salle
à manger de l'hôtel, pour recevoir les nombreux
convives qui vinrent tour-à-tour s'y ranger afin
de prendre leur part d'un copieux repas dont les
productions indigènes formaient seules le menu.
Nous passerons sous silence les réflexions malignes
que les deux amis se communiquèrent sur les
différents individus qui posaient devant et autour
d'eux. Nous tairons aussi les chuchottements et
les réflexions à voix basse des voisins de table
du marquis, causés par son arrivée aux eaux, pour
revenir auprès de la marquise qui, trop faible
pour soutenir l'espèce de rumeur, compagne insé-
parable des repas faits en commun, s'était con-
tentée de prendre un léger potage qu'elle avait
partagé avec sa chère Marie......

Assise près de sa fenêtre d'où elle contemplait
la magnifique vallée de la Scierie, bornée d'un
côté par une haute montagne dont la configuration
conique lui a mérité le nom de *Capucin*, de
l'autre par de magnifiques forêts de sapins......
arrosée par deux ruisseaux limpides dont les eaux
réunies près de la Bourboule (petit village peu
distant du Mont-d'Or) forment la rivière de la
Dordogne.

La vue de cette belle et pittoresque nature
élevait l'âme de la marquise vers Celui qui, de
sa main créatrice et féconde, a formé toutes ces
merveilles que l'homme chercherait vainement à
imiter. « Que vous êtes grand, Seigneur, s'écria-
t-elle tout-à-coup, que vous êtes bon pour vos
pauvres créatures !.... Vous pourriez d'un seul
mot de votre bouche divine les replonger dans cet
abîme du néant, d'où vous les avez tirés.......
et cependant, vains jouets de leur trompeuse imagination et d'une raison fallacieuse, ils oublient
Celui dont ils ont reçu l'être, et méconnaissent le
sceau divin imprimé dans toutes les œuvres de la
nature et surtout dans leur cœur...... Ils ne son-
gent qu'à profiter de ces jours éphémères que l'on
nomme la vie, et se plongent imprudemment dans
le gouffre des plaisirs ; et si parfois un remords
traverse leur âme, ils remettent au lendemain le
soin de s'en occuper, oubliant « que ce temps

dont ils abusent creuse leur fosse et que demain ce sera pour eux l'éternité. »

La marquise fut distraite de ces graves pensées par la vue d'une nombreuse cavalcade composée de presque tous les habitants de l'hôtel B. qui avaient recruté quelques personnes de celui où Amélie était descendue, et au nombre desquels figurait en première ligne le marquis de L. en compagnie de l'indispensable Charles Duvergne.

A sa vue, une larme vint mouiller les paupières de notre intéressante malade, mais elle l'essuya promptement, et refoulant au plus profond de son cœur ce que, dans sa sévérité envers elle-même, elle qualifiait de susceptibilité outrée, elle essaya de sourire à la pensée du plaisir qu'allait goûter son époux et chercha à prévenir toute pénible ré- flexion en examinant quelles étaient les personnes qui défilaient à peu de distance de sa fenêtre.

Elle fut tout-à-coup péniblement émue à la vue d'une jeune personne, emportée par sa monture en dehors du gros de la cavalcade ; elle la suivit des yeux avec une anxiété inexprimable, et en la voyant revenir, au bout d'un moment, seule, pâle, échevelée et se soutenant avec effort au pommeau de la selle, qui paraissait à peine tenir à la bête indocile, elle oublia son extrême faiblesse et en- traînant Charlotte à sa suite, elle se trouva d'un trait à la porte de l'hôtel. Elle ordonna à sa femme

de chambre de s'avancer vers la jeune fille pour
l'aider à mettre pied à terre et la supplier de venir
recevoir chez elle les soins qu'exigeait son accident.

Charlotte, obéissant cette fois sans murmurer à
sa maîtresse, perça vivement la foule qui lui bar-
rait le passage pour arriver jusqu'à la jeune personne, et puisant des forces dans la certitude de
faire une bonne action, la saisit entre ses bras et la
déposa sur un sofa, dans le salon de réception qui
est au rez-de-chaussée de l'hôtel C...., où la marquise, ne pouvant plus se soutenir, s'était ré-
fugiée.

Dès que la jeune fille parut, Amélie retrouva
une nouvelle énergie, et d'un geste, ayant fait
sortir tous les hommes qui envahissaient déjà le
salon, elle s'empressa, aidée de quelques dames,
de donner des soins à la jeune fille.

Quand celle-ci fut débarrassée de son amazone,
elle respira plus librement, puis par le regard le
plus expressif remercia la marquise des soins
qu'elle lui prodiguait. Jetant ensuite les yeux sur
ce groupe de dames qui s'empressait autour d'elle
avec une curieuse attention, elle saisit convulsi-
vement la main d'Amélie et lui dit à voix basse :
« De grâce, faites prévenir ma mère, Mme de Vaudret, qui reste à l'hôtel B., afin qu'elle vienne
m'arracher à l'embarras que j'éprouve en ce mo-

ment. D'ailleurs, je me sens remise et n'ai besoin
de rien, si ce n'est de vous, dont la vue suffirait
seule pour calmer les douleurs les plus aiguës. »

La marquise avait déjà deviné les nobles sentiments qui faisaient désirer à Melle Vaudret de se
dérober à la sollicitude gênante de la phalange féminine qui l'entourait, et la vue d'un petit cordon
noir suspendu à son cou fit pressentir à la marquise l'existence d'un objet sacré qui aurait pu
faire errer plus d'un sourire sceptique sur les lèvres de quelques jeunes *lionnes*, si elles l'avaient
aperçu.....

Aussi, prétextant le besoin d'air que Melle de
Vaudret éprouvait, aidée de Charlotte elle poussa
le sofa près de la fenêtre, puis elle dit à sa femme
de chambre de se rendre à l'hôtel de B. et de
ramener avec elle Mme Vaudret, en l'instruisant,
sans toutefois l'effrayer, de l'accident arrivé à sa
fille...... Au même moment la porte s'ouvrit avec
fracas et Mme Vaudret elle-même entra dans le
salon demandant à grands cris sa fille, sa Joséphine bien-aimée, que son imagination maternelle
lui montrait déjà privée de la vie.....

« Rassuréz-vous, madame, lui dit la marquise,
mademoiselle votre fille n'a éprouvé d'autre mal
qu'une violente commotion causée par les bonds de
son cheval ; du reste le ciel l'a visiblement protégée et lui a donné, dans le moment du danger,

une présence d'esprit admirable, qui lui a fait
trouver dans le pommeau de la selle un appui
salutaire contre une chute qui aurait pû être affreuse........

» — Et puis, ajouta Joséphine, après avoir tendrement embrassé sa mère, ce que madame n'ajoute
pas, c'est qu'avec cette prévoyance que le cœur seul
peut donner, au moment où mes forces allaient défaillir, elle m'a envoyé dans cette excellente fille
(et en disant cela Melle de Vaudret indiquait Charlotte), une libératrice qui, m'enlevant de mon cheval, m'a transportée ici, tandis qu'une foule inac-
tive se contentait, au lieu de barrer le passage à
la bête fougueuse qui m'emportait, de pousser des
cris qui ne faisaient que l'exciter davantage. »

Mme Vaudret adressa à la marquise des remer-
cîments assez brefs, quoique bien sentis, sur le service important qu'elle venait de rendre à sa fille,
et après lui avoir rattaché son amazone se hâta de
la ramener chez elle.

Joséphine, en s'éloignant, baisa avec transport
la main d'Amélie qui, prenant le bras de Charlotte, monta bien péniblement l'escalier qu'une
heure auparavant elle avait descendu avec tant de
rapidité......

Les dames restées dans le salon autour de la
table ronde, et les hommes qui en avaient été
exclus par l'ordre muet de la marquise, y rentrè-

rent en foule, impatients de commenter au long
l'épisode de la matinée. « C'est une femme admirable que cette marquise, disaient les uns, il y
a dans ses yeux bleus toute l'énergie d'un homme,
toute la douceur d'un séraphin; que sa taille est
noble et simple!... — Elle ressemble au tremble
de nos forêts...... disaient les autres.....

» — En vérité, interrompit une voix aigre et
rauque que l'on était tout surpris de voir sortir
de la bouche d'une jeune personne; je ne sais
où vous pouvez trouver de si *pompeuses* expressions
pour peindre une femme qui a pu être bien,
c'est possible, mais qui pour le moment ressemble
à une ombre errante évoquée des tombeaux. »

Cette réflexion, dictée par ce vil sentiment flétri
du nom d'envie, fut accueillie par un houra pro-
longé...... Quelques dames surtout y applaudirent
bruyamment, et ajoutèrent quelques réflexions malignes sur la petite taille de Melle Vaudret, sur son
regard mélancolique et fier, car elles n'avaient pas
été sans s'apercevoir du mécontentement que lui
avait causé leur présence.....

Puis on parla du bal qui devait avoir lieu le
soir même à l'établissement; du concert qui pré-
cèderait la danse; comme la plupart des dames
qui occupaient l'hôtel C. ne devaient pas s'y rendre, elles chargèrent leurs maris d'y aller, afin
de ne leur épargner aucun détail, et de leur dire

surtout comment Melle Vaudrel, qui devait chanter un duo avec sa mère, se serait acquittée de sa mission...

Puis on se sépara afin de songer sérieusement à sa toilette, qui est une des occupations les plus *graves* pour la plupart de ces *malades bien portants* qui forment la majeure partie des *buveurs d'eau*.

La marquise, en rentrant chez elle, trouva son mari qui, pendant une heure de solitude et d'ennui, Charles l'ayant quitté pour aller aux nouvelles, avait eu le temps d'amasser contre sa femme des trésors de mécontentement et d'humeur ; aussi lui demanda-t-il brusquement compte de son inconcevable conduite causée par sa ridicule sensibilité.

Celle-ci lui conta en deux mots l'histoire de Joséphine, et ce narré simple et fidèle, au lieu d'exciter l'admiration du marquis, n'attira à sa charmante épouse qu'un feu roulant de sarcasmes aussi faux que déplacés.

Celle-ci, au lieu de chercher à se justifier, reçut avec un silence résigné les reproches du marquis, sachant bien qu'essayer d'opposer une faible digue au torrent qui est débordé, ce n'est que l'entraîner à de nouveaux ravages. Faisant taire la douleur secrète qui déchirait son cœur, elle pria ardemment *Celui qui met un frein à la fureur des flots* de calmer la tempête qui bouillonnait dans l'âme de son mari......

Cependant celui-ci, étonné de ce qu'il appelait le flegme de la marquise, lui demanda d'un air sardonique si elle comptait aller au bal ce soir?....

« Il y aura une quête pour les pauvres...... je ne doute donc pas, ajouta-t-il, que ce motif ne vous donne assez de forces pour vous faire surmonter la fatigue d'une longue veillée......

» — Je ne compte pas y aller, répondit simplement Amélie, qui dans son amour de la paix savait éviter tout ce qui pouvait rallumer une colère sur le point de s'éteindre.

» D'ailleurs, mon ami, vous m'en donnez la première nouvelle, et je vous avoue que je suis toujours étonnée de voir tant de gens si empressés de transporter aux champs des divertissements dont ils sont saturés, et qu'il leur sera donné d'ailleurs de goûter encore, pendant les longues soirées d'hiver, tandis qu'ils ne pourront plus jouir des charmes que la nature leur offre dans la belle saison.

» — Tu pourrais avoir raison, Amélie, dit son mari tout-à-fait calmé; mais que veux-tu? on désire accumuler tous les genres de jouissances.

» — C'est vrai, c'est la manie du siècle, mais c'est aussi le sûr moyen de n'en avoir aucune; en entendant une cavatine, un duo, les jeunes filles pensent à la danse......

» — Et les jeunes gens au jeu et au repas qui

doit le suivre. Aussi le moment présent est-il insipide dans la perspective de celui *à venir* qui,
devenu à son tour le présent, subit le même sort. »

En achevant ces mots, Amélie rappela au marquis que l'heure d'aller chez le docteur était arrivée; Emmanuel la remercia de son avertissement
et la quitta, intérieurement un peu confus de la
scène qu'il avait faite, mais fort content de ses aper-
çus judicieux ; car, dans une orgueilleuse erreur,
il s'attribuait toujours tout ce que l'esprit délicat
et observateur de sa femme glissait dans leurs
conversations intimes, et se servait avec tant
d'à-propos de ce qui n'était pour lui qu'une *mon-
naie d'emprunt*, qu'il avait acquis, depuis son mariage, la réputation d'homme très-distingué. Sa
digne épouse, sans vouloir s'avouer la supériorité
que l'élévation de son esprit, et plus encore celle
de son âme, lui donnait sur son mari, cherchait
cependant, par de doux entretiens, à rectifier les
erreurs de toutes sortes dont il était imbu, et qui,
fruit d'une science imparfaite, étaient profondément enracinées dans sa tête ; car du côté de la
tenacité des idées, il était *Breton* dans toute la
force du terme.

Oh ! si toutes les femmes comprenaient comme
Amélie, l'étendue et la noblesse de la mission de
paix que Dieu leur a donnée à remplir sur la terre,
si elles n'usaient de ces perceptions si fines et de

ce tact si délicat qu'elles ont reçu en partage dans la balance des facultés humaines, que pour apporter le remède là où elles aperçoivent le mal ; que pour faire renaître le calme, là où gronde l'orage ; si elles renonçaient généreusement à ces retours d'un amour-propre qui aiguise, pour le rendre plus acéré, le trait qui l'a blessé, combien ne trouveraient-elles pas alors dans le témoignage de leur conscience, et même dans cet ascendant que donne la vertu unie à l'amabilité du caractère, une ample compensation à leurs légers sacrifices ? Sacrifices ignorés peut-être de ceux qui les causent, mais connus de Celui à qui rien n'est caché, et qui les inscrit en lettres d'or dans le livre éternel.

Quand le marquis rentra de sa consultation, il était accompagné de Charles Duvergne, qu'il présenta à sa femme comme un de ses meilleurs amis.

Celle-ci le reçut avec cette aménité qui lui était particulière.

La conversation roula sur les prescriptions du docteur, qui avait rassuré le marquis sur sa santé, dont l'état ne lui avait pas paru aussi alarmant que la tendre Amélie le redoutait.

Charles insista particulièrement sur les recommandations de M. B., au sujet de la marquise, et il fut convenu que le lendemain, après déjeûner, elle irait en fauteuil (mode de transport en usage au Mont-Dor) faire avec son mari et M. Duvergne une excursion dans le bois qui est adossé au Capucin et qui couronne, comme nous l'avons déjà dépeint, la gracieuse vallée de la Scierie.

CHAPITRE V.

Promenade dans les bois du Capucin.

LES choses se réalisèrent comme elles avaient été arrangées entre nos amis; et Amélie, accompagnée de sa charmante petite Marie, descendit à l'heure dite dans le salon d'attente où devaient se rassembler les autres personnes que M. Duvergne avait recrutées pour rendre la partie plus complète. Au nombre des promeneurs se trouvait Mᵐᵉ Vaudret, qui avait saisi cette occasion pour remercier encore la marquise des soins qu'elle avait donnés à sa fille; dérogeant, uniquement dans ce but, à l'usage peu sociable de faire bande à part, d'hôtel à hôtel, comme si l'union, cette base fondamentale de toutes choses agréables ou utiles, devrait être exclue d'un lieu où l'on ne saurait se suffire à soi-même !......

« Est-ce que Mᵉˡˡᵉ Joséphine ne sera pas des nôtres ? demanda la marquise à Mᵐᵉ Vaudret, après avoir répondu à ses premiers compliments......

» — Joséphine est fatiguée de sa soirée d'hier, et peut-être encore de sa chute du matin. Oh ! grâce à vous, madame, elle en a été quitte pour la peur...... Mais je ne sais pourquoi elle s'est effrayée du nombreux public qui était réuni à l'établissement pour assister à une fête musicale donnée en faveur des pauvres ; au moment de chanter, elle a presque perdu connaissance ; aussi sa voix s'est-elle fortement ressentie de ces enfantillages, et aujourd'hui elle m'a priée de ne pas la forcer à m'accompagner.

» — Cette décision me paraît tout à notre désavantage, reprit la marquise, et si vous vouliez me le permettre, je prierais mon mari d'aller en votre nom essayer de changer ses dispositions. »

Mme Vaudret, après s'être laissé prier quelques instants, finit par consentir à une proposition qui répondait aux désirs de son cœur...... Quoiqu'impérieuse et froide en apparence, elle idolâtrait sa Joséphine et pensait sans cesse à ce qui pouvait la produire avec avantage, *la faire briller*...... Elle était peu secondée dans ses vues mondaines par sa fille, qui avait un éloignement instinctif pour tout ce que sa mère appelait désir de plaire, moyen de se faire valoir...... et qu'elle traduisait dans son cœur par ennuis...... sujétions gênantes...... vanités.....

Le marquis de L. se prêta d'assez bonne grâce à ce que sa femme lui demandait, et ne tarda pas à revenir avec Melle Vaudret qui, au nom seul de la marquise de L., s'était décidée à *obéir* à sa mère.

Dès qu'elle fut arrivée, chacun sortit de l'hôtel, afin de choisir le genre de transport que des femmes, des hommes, et même des enfants, offrent bruyamment et tous à la fois aux promeneurs, faisant valoir dans leur patois pittoresque et accentué, les qualités de leurs chevaux trapus, l'adresse des porteurs de chaises, et l'intelligence non moins appréciable des guides, qui sont indispensables, pour pénétrer, sans courir la chance de s'égarer, dans les labyrinthes des montagnes, ou dans les détours des vallées.

Bientôt la cavalcade s'ébranla, quelques jeunes gens à cheval formaient l'avant-garde ; les dames en fauteuil, *le corps d'armée*, et quatre ou cinq maris au nombre desquels était le marquis de L., fermaient la marche avec gravité. Là caravane improvisée fit halte au pied du Capucin, et Charles, qui était toujours prêt à être agréable aux autres, surtout lorsqu'il s'agissait de prendre du mouvement, s'élança à la découverte à travers les bois et revint, au grand galop de sa monture, annoncer qu'il avait trouvé une solitude charmante, un salle de verdure délicieuse, « où les dames,

4

ajouta-t-il, pourraient se reposer et être à l'abri
du soleil. »

Cette bonne nouvelle fut accueillie de bravos
prolongés, répétés de loin en loin par les échos
des montagnes, et nos joyeux promeneurs se di-
rigèrent, toujours précédés de Charles, vers le but
ravissant qu'il leur avait désigné ; puis, quand ils
l'eurent atteint, il y eut un moment de silence
admiratif, dont Charles, en sa qualité d'ordon-
nateur suprême, profita pour proposer aux plus
aventureux d'aller jusqu'à la Vergnière, magnifique
et gracieuse cascade, à laquelle on ne parvient de
ce côté qu'assez difficilement.

Tous les hommes et une ou deux intrépides
amazones adoptèrent cet avis et disparurent bientôt
aux regards des dames à fauteuil ; dont quelques-
unes parurent assez mécontentes d'une détermination qui, selon elles, n'avait pas le sens commun,
et ne pouvait venir que d'une tête *aussi écervelée*
que l'était celle de M. Duvergne.

Amélie s'assit au pied d'un sapin séculaire,
jouissant du plaisir qu'éprouvait sa chère Marie
de pouvoir prendre en liberté ses joyeux ébats, et
fit peu d'attention à ces doléances humoristes.

Joséphine, voyant sa mère fort occupée de cet
incident, s'approcha de la marquise et lui demanda timidement la permission de s'asseoir auprès d'elle.

Celle-ci, pour toute réponse, la baisa au front ; l'évènement de la veille lui en avait donné le droit, et lui dit avec une grande douceur : « Vous étiez donc bien souffrante ce matin ?

» — Oh ! madame, vous m'avez deviné hier.... vous me comprendrez encore aujourd'hui....... quand je......

» — Votre mère m'a tout dit, mon enfant ; permettez-moi ce titre que l'intérêt que je vous porte m'inspire. Je me suis associée, je vous assure, de tout cœur à vos petits tourments, mais......

» — Ah ! reprit vivement Joséphine, vous ignorez donc ce que j'ai ressenti en me voyant devenir le point de mire de plus de cent personnes qui *se répétaient* mon nom à voix basse, parlaient de mon accident du matin, puis me regardaient, se réjouissaient de m'entendre pour me juger,..... apprécier mon talent de *province*...... Enfin, que vous dirai-je ? en ce moment-là, j'aurais échangé mon sort contre celui de la simple bergère qui conduit paître son troupeau sur le versant des montagnes.

» — Oui, ma chère Joséphine, j'en conviens, il doit être toujours pénible à une jeune fille de paraître en public ; mais quand sa mère tient à l'y conduire, elle doit alors se couvrir de sa modestie comme d'un voile, et la seule pensée de remplir un devoir lui rendra moins pénible une démarche qu'elle voudrait s'épargner. »

Amélie, tout en appréciant le fonds de caractère de Melle Vaudret, comprenait combien il était essentiel qu'elle se fît une vertu de ce qui, n'étant en elle qu'un penchant naturel, pouvait si facilement se changer en défaut. Aussi essaya-t-elle, dans le cours de leur entretien, de faire comprendre que la vertu consiste dans la noblesse des sentiments et non dans les saillies d'un orgueil blessé......

Joséphine éprouvait un charme indéfinissable à écouter Amélie, et malgré la sévère conclusion de ses avis, elle en comprit tellement toute la justesse, qu'une légère rougeur colora son front au souvenir de son capricieux refus du matin, qui n'était, comme la marquise l'avait pressenti, qu'une petite boutade de jeune fille.

Aussi, se repentant au fond de l'âme d'avoir pu affliger sa mère, elle formait la bonne résolution de lui en demander pardon en l'embrassant, quand celle-ci, trouvant que la conversation se prolongeait trop, lui fit signe de venir la rejoindre. Joséphine dit à la marquise « au revoir », et légère comme une biche, se trouva en un instant auprès de Mme Vaudret.

« En vérité, mademoiselle, je ne vous conçois plus ; exténuée ce matin, le chamois des Alpes perdrait avec vous le prix de la course ! il paraît qu'il fallait qu'une étrangère intervînt entre vous et moi pour vous décider à l'obéissance.

» — Une étrangère? Mme de L., l'est-elle désormais pour nous » ? murmura la jeune fille, et le désir qu'elle avait eu de demander à sa mère de lui pardonner son obstination, s'évanouit en entendant ces paroles qui, au tribunal de *sa grave raison*, lui paraissaient empreintes d'injustice. Et cependant l'espèce de ressentiment de Mme Vaudret n'était-il pas fondé? Ne pouvait-elle pas être un peu offensée de la confiance subite qu'elle avait témoignée à son préjudice à la marquise? D'un autre côté, si cette mère tendre sans doute, mais peu éclairée, eût fait une étude du caractère de sa fille, si elle eût cherché à pénétrer tous les replis de son cœur, un regard aurait suffi pour lui faire connaître l'heureuse transformation qui s'y était subitement opérée, et pour lui inspirer, au lieu d'un reproche amer, quelques indulgentes paroles capables de déterminer Joséphine à l'aveu d'une faute qui pesait sur son cœur......

Au lieu de cela, la mère et la fille continuaient, sans se comprendre, une explication pénible pour toutes les deux, quand Amélie, pressentant aux gestes animés de Mme Vaudret ce qui se passait entre elle et Joséphine, quitta l'arbre tutélaire qui l'abritait des rayons d'un soleil brûlant, pour aller, en les rejoignant, faire cesser un fâcheux entretien. Joséphine en la voyant chanceler, tant elle était fatiguée du court trajet qu'elle venait de

faire, quitta subitement sa mère et courut au-
devant d'elle pour lui offrir son bras, mais Amélie
ne le prit pas, et lui dit avec intérêt : « Vous
paraissez agitée...... est-ce que madame votre mère
serait plus souffrante ?

» — Souffrante, non, » répondit avec embarras
Joséphine, qui ne s'attendait pas à cette question.

« Il y a tant de genres de douleurs pour une
femme, une mère surtout, ajouta la marquise avec
un regard doucement significatif, et c'est pour cela
qu'oubliant mon extrême faiblesse, je m'étais di-
rigée vers vous sans mesurer la distance...... re-
tournez auprès d'elle, dites-lui mes bonnes intentions, et demandez-lui de ma part si elle compte
bientôt prendre le chemin du retour. »

Melle Vaudret ne pouvait se rendre compte de
l'ascendant que la marquise avait su prendre sur
elle en si peu d'instants, et se demandait, en allant
rejoindre sa mère, comment, sans lui adresser un
reproche, elle avait su répandre en son âme une
inexprimable confusion...... C'est qu'elle ignorait
qu'Amélie avait puisé dans la connaissance appro-
fondie de son propre cœur une salutaire expérience pour deviner celui des autres.

Combien de savants et d'orgueilleux philosophes
se trouvent en ce point, souvent bien au-dessous
de la faible femme qui, avec le flambeau de la
foi, scrute les replis de son âme pour en dissiper

les ténèbres et en bannir toute souillure!......

Mme Vaudret accéda volontiers au désir de la marquise de retourner à l'hôtel, et bientôt notre caravane démembrée s'ébranla de nouveau. Tant que la route escarpée qu'il fallait suivre pour redescendre dans la vallée le permit, mesdames Vaudret et de L. cheminèrent toujours à l'aide de leurs porteurs, l'une à côté de l'autre. Amélie ne laissa pas échapper cette occasion favorable qui se présentait d'être agréable à la mère de celle que, dans son cœur aimant, elle appelait déjà *sa chère Joséphine;* elle dit avec un ton affectueux à Mme Vaudret :

« Vous avez, madame, une fille charmante ; que de mères doivent envier votre sort et désirer pour elles votre bonheur !......

» — Vous la jugez avec beaucoup trop d'indulgence, reprit Mme Vaudret, très-flattée intérieurement des éloges de la marquise ; mais il me semble, madame, qu'en jetant les yeux sur votre petite Marie, il ne vous reste plus rien à souhaiter.

» — Marie est une gentille créature, mais qui peut dire si ce gracieux bouton deviendra jamais une fleur,...... tandis que votre Joséphine est une rose, que le soleil n'a point encore fanée, abritée qu'elle est par l'aile maternelle. »

Les sinuosités de la route interrompirent un entretien, auquel Mme Vaudret trouvait un charme infini, et qu'elle se promit bien de renouer au plus tôt. Malheureusement, au bout de quelques instants on se trouva aux portes de l'hôtel C. Amélie, en prenant congé de Mme Vaudret, lui tendit la main avec affection, et celle-ci, en rentrant chez elle, avait presque pardonné à Joséphine ses prédilections pour la marquise.

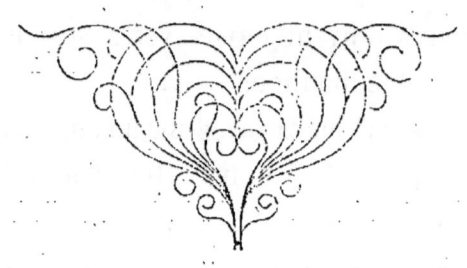

CHAPITRE VI.

Excursions dans les montagnes.

Mme Vaudrel et la marquise renouvelèrent souvent leurs promenades, et il s'établit bientôt entre elles une de ces intimités qui se forment si rapidement dans ce séjour des eaux, où il faut se hâter de se connaître et de s'aimer, puisque la *bien-venue* de l'arrivée est souvent si voisine de l'*adieu* du départ !

La cascade de Cuereuil et le pic de Sancy, la plus haute sommité de la France centrale, furent tour-à-tour le but de leurs excursions. Amélie en revenait quelquefois bien fatiguée; mais, dans sa constante abnégation, elle se laissait conduire partout où elle pensait que son mari et ses nouvelles amies trouveraient le plus de plaisir; seulement elle se faisait déposer au pied de la montagne, demandant avec instance qu'on la laissât seule, « heureuse qu'elle était, ajoutait-elle gracieuse-

5

ment, d'écouter le récit animé qu'on lui ferait des beautés sauvages dont il ne lui était pas toujours donné d'aller contempler le majestueux spectacle. »

Joséphine se chargeait ordinairement de l'initier par un narré fidèle à tout ce qui avait le plus frappé ses regards dans les sites qu'elle avait parcourus.

Sa jeune et ardente imagination se plaisait à décrire, dans leurs moindres détails, toutes les merveilles que la nature a répandues avec profusion dans cette partie de l'Auvergne, si justement nommée la Suisse de la France.

La marquise jouissait du plaisir si pur que goûtait sa charmante amie, et s'appliquait à mettre en parallèle les joies champêtres avec celles du monde ; et, comme on doit le penser, l'avantage ne restait pas à celles-ci.

Cependant, le jour fixé par Mme Vaudret pour son départ approchait ; il fut convenu qu'on irait enfin visiter la haute montagne qui domine l'établissement et qui donne son nom au village.

La marquise, ayant cru remarquer que son mari préférerait qu'elle restât à l'hôtel, afin d'organiser avec son ami Charles une nombreuse cavalcade, fit valoir pour s'en exempter, une fatigue qui d'ailleurs, hélas ! n'était que trop réelle.

Joséphine lui promit de ne pas lui épargner au retour un seul détail ; et, en effet, à peine était-elle descendue de cheval, qu'elle monta chez la marquise qui, après lui avoir fait reprendre haleine, la pria de commencer le récit de sa promenade pittoresque.

« Je ne saurais, dit Joséphine, vous donner une juste idée du majestueux tableau qui s'est offert à nos yeux quand, au détour du village, nous nous sommes trouvés vis-à-vis une gigantesque montagne à laquelle on parvient par une pente peu rapide, et qui forme un vaste amphithéâtre planté d'une forêt de sapins.

» La Dor prend sa source dans cette montagne, et s'échappant de ses flancs, se précipite dans un ravin formant une cascade d'une hauteur considérable. Comme elle rencontre dans sa chute plusieurs proéminences ou étages de lave, l'onde écume et s'échappe de chute en chute. Les arbres, embrassant de leurs racines ces masses de rochers, résistent avec efforts..... Le sol retentit au loin du bruit de la lutte, jusqu'à ce que les arbres rongés, brisés par le frottement continuel et par les rochers minés, rompus, dissous, forment eux-mêmes un lit de sable au torrent qui, s'échappant par un ravin profond, va en suivant la montagne, parcourir la vallée et s'unir avec la Dogne.

» Bien qu'il soit possible d'arriver à cheval jusqu'à la base du cône qui termine le Mont-Dor,

et qu'on nomme le pic de la Croix, à moins d'être
accoutumé à gravir les rochers, il serait dangereux
de risquer cette ascension, et nul de nous n'a été
tenté de se trouver sur la pointe de cette quille
entourée de précipices de tous les côtés.

» Il n'en a pas été de même de la gorge où la
Dogne prend sa source et que nous avons visitée
dans tous ses détails ; on la nomme *Gorge des en-*
fers. Il faut convenir qu'elle mérite ce nom par
son aspect effroyable, par les formes affreuses des
roches volcanisées qui l'entourent, par les monceaux énormes de laves brisées et d'argile cuite
dont les dégradations du temps l'ont couverte.

» La neige en occupe le fond, ne laissant qu'un
étroit passage à la Dogne qui traverse la gorge
verticalement, établissant ainsi un courant d'air
qui, dans la saison chaude, finit par attiédir et
fondre la neige ; à mesure que la fonte augmente,
elle creuse une voûte fort large, parfaitement cin-
trée, sous laquelle nous avons tous passé en nous
baissant ; ce qui restait de neige au-dessus de
l'arcade n'avait conservé qu'une médiocre épais-
seur, et formait sur le ruisseau, dans le sens du
courant, un pont de glace d'une arche tout en
longueur.

» La neige intérieure se fondait et découlait
de toutes parts en filets d'eau ; une partie sortait
même en gros tourbillons sous la forme de vapeur.

C'est un spectacle singulier, que cette brume épaisse s'épanchant avec un ruisseau, par la bouche d'un antre de neige; mais ce qui nous a le plus impressionné, c'est de voir des météores aqueux dans un lieu où le feu jadis embrasa jusqu'aux rochers, et qui, selon sa juste dénomination, fut vraiment un enfer. »

Ici Joséphine s'arrêta, et la marquise qui ne manquait jamais une occasion d'élever les pensées de sa jeune amie au-dessus des choses de la terre, lui dit en l'embrassant : « Concluons de votre brillante narration, ma chère enfant, que Dieu est bien grand dans ses œuvres, qui cependant paraissent infiniment petites, comparées à son immensité !........ »

CHAPITRE VII.

Le voyage.

Le lendemain de cette excursion fut consacré par Mme Vaudret à ses préparatifs de départ.

La marquise fit promettre à Joséphine de lui faire un récit fidèle de ses impressions pendant un voyage qui devait être assez long, puisque la terre de Mme Vaudret était située à une trentaine de lieues de la capitale.

Il fut convenu aussi qu'Amélie s'y arrêterait en se rendant à Paris, où, d'après le conseil du docteur B., elle devait se fixer au lieu de retourner en Bretagne, dont le climat humide et froid était si contraire aux deux époux.

L'heure des adieux arriva enfin. Mme Vaudret ne quitta pas sans émotion cette jeune et aimable femme qui avait su, par le charme entraînant de ses douces causeries, répandre tant d'agrément sur leurs relations amicales.

Quant à Joséphine, elle se jeta au cou de la marquise dont elle ne s'arracha qu'avec effort et en versant un torrent de larmes.

« Au revoir, lui dit celle-ci en la voyant s'éloigner...... Au revoir dans les cieux !..... » ajouta-t-elle, mais ces dernières paroles furent étouffées par le roulement de la voiture qui disparut bientôt au milieu d'un tourbillon de poussière.

Amélie sentit alors son cœur se gonfler ; un secret pressentiment semblait lui dire que ces premiers adieux en présageaient d'autres plus douloureux encore ; mais, évitant d'aller au-devant de croix, qui sont d'autant plus pesantes qu'on les envisage sans avoir les grâces actuelles qui aident à les porter quand elles arrivent, elle se prit à caresser sa petite Marie et à lui faire adresser une courte prière à Celle que, dans un poétique langage, nous aimons à nommer l'étoile du matin, le phare du voyageur.

Le départ de Mme Vaudret fut bientôt suivi de celui de Charles qui, commençant à se lasser de ses excursions champêtres, abandonna le séjour des eaux pour retourner dans la capitale, voulant, disait-il en riant, quitter les plaisirs avant d'en être quitté !

Le marquis le chargea de lui chercher un logement près des Champs-Élysées, afin que sa chère Amélie, disait-il, pût facilement s'y rendre, mais

au fond, parce qu'il espérait que le voisinage de
cette promenade favorite de la fashion lui attirerait
à lui-même d'agréables visiteurs, avec lesquels il
pourrait former des parties de cheval, aller au
cirque, se distraire enfin; car, il faut bien l'avouer,
il était du nombre de ceux qui ont toujours besoin
que d'autres leur aident à supporter le poids de
la vie qui semble les accabler...... Aussi, quand
le départ de Charles l'eut livré à ses propres forces,
il éprouva un excessif abattement, et la pauvre
Amélie devint l'innocente victime du mécontentement intérieur qu'éprouvait son mari. Son inal-
térable douceur n'en fut pas un instant troublée;
ingénieuse dans son dévouement, elle savait, tantôt
par des parties subitement organisées, tantôt par
de riants projets d'avenir, faire une heureuse diversion aux sombres pensées de son mari, et il
ne la quittait jamais sans éprouver plus de calme,
et moins d'ennui.

Dès qu'elle se trouvait seule, elle cherchait dans
de ferventes prières un dédommagement à la contrainte qu'elle s'était imposée, et puisait dans la
méditation des souffrances du Christ une nouvelle
vigueur pour supporter les siennes.......

Il y avait déjà huit jours que sa chère Joséphine l'avait quittée, et la marquise commençait
à craindre qu'il ne lui fût arrivé quelque fâcheux
accident, quand Charlotte lui remit une lettre,

dont le volume lui fit pressentir que sa jeune amie avait fidèlement tenu sa promesse. En effet, elle était remplie de détails si exacts et si intéressants sur la première partie de son voyage, que nous allons la transcrire en entier.

CHAPITRE VIII.

Récits du voyage.

PREMIÈRE LETTRE DE JOSÉPHINE VAUDRET A LA MARQUISE DE L.

Château de Belmont, août 1840.

« COMBIEN je suis heureuse, madame et bien chère amie, que vous ayez daigné adoucir pour moi l'amertume des adieux, en me fournissant le plaisir de m'occuper encore de vous pendant une route qui m'aurait paru si longue et si insipide, si l'espérance de vous faire partager mes sensations, causées par les différents objets qui s'offriraient pendant ce temps à ma vue, n'était venue jeter sur eux un intérêt tout particulier, et leur donner couleur et vie.

» Vous vous souvenez peut-être que ma mère, dans son désir de voir Rendannoque, que le fameux

comte de M. transforma en oasis au milieu d'un
désert volcanisé, avait choisi de préférence *la petite
route* pour arriver de Clermont au Mont-Dor;
mais sa curiosité satisfaite, elle ordonna cette fois
au postillon de *prendre la grande* qui passe par
Rochefort, dont le château en ruines, appartenant
naguères à l'ancienne famille des Chabannes, domine de son agreste roche toute la vallée qui se
déroule à ses pieds...... A quelques lieues de là,
nous avons aperçu le Puy *de Dôme* qui, placé au
centre d'une chaîne de montagnes, les surpasse
toutes en hauteur; mais ce n'est qu'à un petit
village nommé la Baraque, peu distant de Clermont, que nous avons pu juger de son effet gran-
diose.

» C'est là seulement qu'il offre ce cône majestueux qui, exact dans ses moindres proportions,
a pour cime un plateau que dans un pays de plaines
on regarderait comme une montagne très-élevée.

» Comme nous étions descendues pour mieux
contempler ce géant de l'Auvergne, nous fûmes
accostées par un géologue qui venait de l'explorer
en tout sens et qui se mit à nous donner, dans
son amour de la belle nature, des détails scien-
tifiques que nous n'aurions pas, dans notre igno-
rance féminine, osé lui demander.

» — Mesdames, nous dit-il, en prenant place
auprès de nous sur une borne de pierre faite avec

des débris de lave, on monte au pic que vous
voyez devant vous, par deux chemins différents.

» Le plus accessible est celui d'Alacagnat, ce
qu'il nous était à vrai dire, assez indifférent de savoir, ne comptant pas en faire l'épreuve. Quoique
le Puy ne soit qu'un volcan brûlé, cependant les
pluies et les vapeurs dont il est imbibé sans cesse
lui donnent une rare fécondité.

» — Nous sommes un peu pressées de partir,
dit ma mère au géologue qui, tout à son sujet,
ne s'aperçut même pas de cette réflexion, et sans
s'interrompre, continua ainsi : Arrivé à la cime
du pic, on jouit d'un des plus beaux spectacles,
et d'une des plus riches vues de toute la France.
Elevée de huit cent vingt toises au-dessus du ni-
veau de la mer, de cinq cent soixante au-dessus
du sol inférieur de Clermont, de quatre-vingt-
quatre au-dessus du *petit Dôme*, le voyageur croit
voir comme les dieux de l'Olympe, l'univers à ses
pieds.

» — Si la mythologie s'en mêle, nous sommes
perdues, dis-je à ma mère en riant et me penchant vers son oreille.

» — Figurez-vous, mesdames, reprit notre imperturbable naturaliste, environ soixante puits avec
leurs cratères antiques, leurs ravins, et leurs cou-
rants de lave qui se montrent à ses avides regards.
Plus loin, c'est la Limagne, la Limagne tout en-

tière, avec ses villes, ses villages et ses monticules sans nombre ; partout se présentent des champs de toutes couleurs, des vignobles, des habitations, des chemins à perte de vue, des groupes de montagnes ; enfin quatre ou cinq départements différents et une étendue de pays de cent trente-une lieues se déroulent devant lui.

» C'est surtout au lever du soleil que ce spectacle est vraiment admirable : à mesure que l'astre radieux s'élève sur l'horizon et en dissipe les brumeuses vapeurs, un coin du magique tableau se découvre, et quand le voile épais qui le cachait est entièrement déchiré, alors il apparaît dans toute sa magnificence, et le spectateur étonné que son œil, accoutumé à ne mesurer que des espaces bornés, puisse embrasser à la fois tant de merveilles, éprouve comme un étourdissement, une sorte de vertige qui......

» — Qui commence à nous gagner, monsieur, interrompit ma mère en se levant, car vous avez su nous initier à toutes les sensations que vous avez éprouvées vous-même. » Puis elle lui adressa quelques gracieux remerciements, et redoutant d'avoir à subir quelque nouveau récit, elle m'entraîna dans la voiture qui nous attendait depuis longtemps. Vous ne sauriez vous figurer quelle vue admirable on découvre de cette route en spirale, qui est pratiquée dans une montagne de lave et dont les détours sont ménagés avec un art infini.

» Clermont se présente à vous bâti sur une éminence, et couronné de sa belle cathédrale gothique ; il semble commander en maître à cette immense plaine dont il est environné. Cette ville, à laquelle nous ne sommes arrivés qu'après le soleil couché, renferme plusieurs curiosités remarquables : en première ligne on peut citer la fontaine de Saint-Alyre, dont les eaux ont la propriété de pétrifier les différentes substances que l'on expose à leur action.

» On nous offrit à choisir des fruits, un oiseau, un arbuste ; je pris une allouette : pauvre petite, tu ne chanteras plus, te voilà devenue pierre !

» La cathédrale, bâtie en lave, est malheureusement inachevée ; le chœur et la nef sont remarquables par la légèreté de leurs piliers, et ses vitraux aux mille couleurs projettent un demi-jour qui favorise le recueillement et invite à la prière..... L'église de Notre-Dame du Port offre à l'archéologue encore plus d'attraits ; sa construction remonte au huitième siècle, et son architecture byzantine forme un contraste frappant avec les maisons modernes qui l'avoisinent. Elle a une chapelle souterraine consacrée à la *bonne Vierge*, comme disent les Auvergnats dans leur naïf langage ; nombre d'*ex-voto*, suspendus à la voûte, attestent de la protection que la Mère du Sauveur accorde aux pieux fidèles qui l'ont invoquée au moment du péril *comme le port du salut !* Oh ! comme je l'ai priée avec ardeur cette tendre Mère, pour vous, pour votre chère enfant ; c'est son image sainte qui devint pour nous le précieux lien d'une fraternité chrétienne......

» Vous souvient-il, chère Amélie, qu'en cet instant qui vit naître entre nous une amitié qui durera toujours, elle brillait sur ma poitrine, et vous, la dérobant à de profanes regards, vous me dîtes à voix basse ces mots qui vibrent encore à mon cœur : *à la vie, à la mort !*......

» Ma lettre est déjà si longue, que je n'ose plus vous parler de Royat, cette délicieuse vallée qui renferme une grotte aux sources limpides comme le cristal, et d'énormes rochers desquels s'échappent des arbres séculaires, dont l'ombre répand une obscurité mystérieuse dans ces lieux enchanteurs...... Oh ! que l'art, qui a créé ces jardins aux mille contours ou ces allées dont l'œil ne peut mesurer l'étendue, me semble au-dessous de ces jets d'une nature féconde, qui produit des merveilles, sans que le travail de l'homme vienne lui rappeler la punition infligée à la nature déchue......

» Ma mère, se trouvant un peu souffrante, s'est décidée à séjourner à Clermont au-delà du terme qu'elle avait fixé, aussi une fois de nouveau em-

ballées, empaquetées, installées dans notre chaise
de poste, nous sommes-nous décidées à ne plus
la quitter jusqu'à notre arrivée au château. Aussi,
vainement Moulins s'est-il offert à nous avec ses
riants abords, ses jolies maisons et ses gracieux
édifices; Nevers, avec son pont aux arches régulières; Briare, qui donne son nom au canal qui
joint la Loire à l'Allier; la Charité, avec son fleuve
majestueux couvert de bateaux aux voiles flottantes,
rien n'a pu nous décider à retarder notre trajet
d'une heure; et, nous contentant des provisions
que nous avions emportées de Clermont, et auxquelles nous avions le soin d'ajouter les fruits qu'à
chaque relais des femmes, des enfants, s'empres-
saient de nous offrir, nous avons résisté aux
instances qu'à chaque ville ou bourgade ne man-
quaient pas de nous faire les délégués du Soleil
d'Or, de l'Ecu de France et même du *Cheval
blanc*, pour aller, disaient-ils, nous rafraîchir à
l'hôtel......

» Enfin, le cinquième jour de notre départ du
Mont-Dor, nous avons atteint le but tant désiré,
car ce n'est point vivre que voyager, c'est tout
simplement se mouvoir, si toutefois on peut se
servir de ce mot, lorsque comme nous on n'a
qu'une part si relative au mouvement de locomotion qui vous entraîne...... A peine descendue de
voiture, j'ai couru à la chambre que nous vous

destinons, c'est là qu'*elle* sera, me suis-je dit, là
que je me placerai auprès d'elle pour entendre
sortir de sa bouche et plus encore de son âme,
ces douces paroles qu'elle seule sait dire, et qui
font tant de bien au cœur !

» Venez, venez vite, chère amie, ma mère et
moi nous vous appelons de tous nos désirs.......

» Adieu, à bientôt, n'est-ce pas ?

Pour la vie,

JOSÉPHINE. »

Le marquis qui entra au moment où Amélie
achevait la lecture de cette lettre, lui demanda
ce que pouvait contenir une aussi longue épître ?

« Mille choses intéressantes, mais surtout beaucoup d'instances pour hâter notre arrivée à Belmont, où Joséphine a déjà choisi l'appartement
que sa mère nous a destiné.

» — Mais il y a vraiment de l'à-propos dans ces
aimables préparatifs, car je viens de prendre congé
du docteur B., qui, me trouvant beaucoup mieux,
m'a conseillé de ne pas attendre, pour partir, surtout pour vous, ma chère, que la saison devienne
plus avancée; vous pouvez donc annoncer à Mme
Vaudret que nous serons chez elle au commencement de la semaine prochaine.

» — Mon ami, dit Amélie, qui dans un aperçu

6

subit avait calculé que le dimanche serait compris dans le temps de leur voyage,...... si vous le vouliez, nous ne quitterions le Mont-Dor que lundi; de cette manière nous serions plus certains de l'arrivée de ma lettre, et puis nous ne courrions pas la chance de ne pas recevoir la lettre que M. Duvergne nous a promis d'écrire, dès qu'il aurait trouvé un logement convenable.

» — Hé bien, soit pour lundi, puisqu'il faut toujours vous céder !...... Mais alors, si j'avais prévu vos objections, auxquelles du reste je devais m'attendre, ajouta Emmanuel avec humeur, je n'aurais pas refusé au comte d'Ernon de l'accompagner au lac Pavin où il doit aller demain.

» — Rien ne sera plus facile, reprit Amélie, que de renouer cette partie; je vous engage même à pousser vos excursions jusqu'au château de Murat, dont les créneaux démantelés offrent un attrait particulier aux amateurs de belles ruines, et même jusqu'à saint Nectaire, dont les pétrifications le disputent en beauté à celles de Saint-Alyre...... Afin de ne pas trop vous fatiguer, vous pourriez coucher à moitié chemin; que dites-vous de mes propositions ?......

» — Elles sont très-acceptables assurément, mais conviendront-elles à d'Ernon ?

» — Le voilà justement qui entre à l'établissement; allez le trouver...... et dites-lui que, ne pouvant pas être des vôtres, je m'en dédommagerai en songeant aux provisions nécessaires pour vous soutenir pendant le cours de vos pérégrinations. »

Tout se passa selon les vœux d'Amélie, et celle-ci remercia le Seigneur qui lui avait fourni ainsi le moyen de procurer d'agréables distractions à son époux, et d'éviter de parcourir les grands chemins pendant la durée du jour qui lui était consacré ; puis elle s'empressa d'écrire à Joséphine pour lui annoncer son prochain départ.

Prenant ensuite le bras de Charlotte et la main de sa petite Marie, elle se rendit à l'église où sa tendre piété la conduisait, chaque fois qu'une absence de son mari le lui permettait.

Après avoir confié les secrets de son âme au bon curé du village, et avoir reçu de lui les paroles de la *réconciliation*, elle lui remit un voile qu'elle avait brodé pour orner la statue vénérée de la Vierge Marie, et le supplia de ne pas l'oublier à l'autel du Seigneur, quand il apprendrait que, dans sa miséricorde, il a daigné mettre fin à ses souffrances ; puis elle demanda la bénédiction pour son enfant dont le jeune front s'inclina sous la main du vénérable pasteur.

Elle se retira peu après, le laissant pénétré d'admiration pour ses douces vertus ; et au retour d'Emmanuel qui revint enchanté, mais très-fa-

tigué de ses courses avec son nouvel ami M. d'Ernon, Amélie lui remit une lettre de M. Duvergne
qui lui annonçait qu'il avait trouvé pour eux au
rond-point des Champs-Elysées, un délicieux logement, dès-à-présent prêt à les recevoir. Cette
bonne nouvelle rendit encore moins pénibles les
préparatifs du départ, et le lundi matin, le coupé
bleu du marquis parut de nouveau à la porte de
l'hôtel C.; mais cette fois ce n'était pas une foule
curieuse et avide qui environnait l'hôtel; mais
une myriade de pauvres femmes, de jeunes enfants, qu'Amélie dans son active charité avait su
découvrir sur leur grabat de paille ou dans le fond
de leurs étroits burrons [1], et qui faisaient retentir
l'air de leurs cris et de leurs bénédictions.

Le roulement de la voiture couvrit bientôt leurs
voix, et ces bonnes gens, après l'avoir suivie longtemps des yeux, se séparèrent en redisant les
louanges de celle dont le passage au milieu d'eux
avait été marqué par de nombreux bienfaits......

[1] On appelle ainsi l'espèce de cabutte en terre où se font
les fromages dits du Mont-Dor.

✧✧✧✧

CHAPITRE IX.

Sinistre épisode.

« Si vous m'en croyiez, Amélie, dit le marquis à sa femme après un long silence que le bruit causé par la voiture motivait assez, nous irions à Paris sans nous arrêter à Belmont. »

Cette proposition surprit tellement Amélie, qu'elle ne put dans le premier moment y répondre.

« Eh bien, vous vous taisez comme de coutume ; sans doute ce que j'ai dit n'a pas le sens commun. » La marquise couvrit sous un sourire le sentiment qui l'oppressait, et se borna à représenter à son mari combien un pareil procédé pouvait désobliger Mme Vaudret, surtout après l'avoir prévenue de leur arrivée......

« Hé bien ! vous lui écrirez deux mots au premier relais ; vous n'aurez qu'à lui dire que je suis,..... non, que *vous* êtes fatiguée, et que vous

avez hâte de vous trouver à portée de recevoir les
soins de votre médecin.

» — Vous êtes donc tout-à-fait décidé à ne pas
répondre aux aimables instances de Mme Vaudret?...
Sans doute, mon ami, vous avez pour cela quel-
que motif grave; s'il en est ainsi, je n'insisterai
pas, mais autrement laissez-moi......

» — Motif grave, sûrement...... tenez, ma
chère, Belmont coupe mal notre route; vous serez
très-fatiguée quand vous y arriverez......· Avec cette
abnégation que vous savez toujours avoir quand il
s'agit d'être agréable à des étrangers...... (ici Amélie étouffa un soupir), vous voudrez causer, veiller,
que sais-je, moi?.... et puis quand il faudra partir,
viendront les instances, et je suis certain que nous
ne serons pas avant la fin du mois à Paris, où il
faut pourtant que nous songions à nous installer;
j'ai reçu ce matin même une seconde lettre de
Charles qui m'annonce qu'une affaire imprévue le
force à partir sous peu de jours pour le Dauphiné.»

Ah! voilà donc le motif de cette incompréhen-
sible énigme, pensa la marquise; et elle songea
aussitôt au nouveau sacrifice qui lui était imposé.

Cette réflexion ayant apaisé le trouble qui s'était
élevé dans son âme, Amélie dit au marquis d'une
voix légèrement émue : « Puisque vous le préférez,
nous n'irons pas à Belmont; seulement comme je
n'avais pas fixé le jour de notre arrivée, je lui

écrirai de Paris, me sentant aujourd'hui trop fatiguée pour tenir une plume...... — J'y consens, dit gaiement Emmanuel. » Et sa bonne humeur, qui dura pendant la plus grande partie de la route, dédommagea Amélie de la peine qu'elle avait éprouvée à renoncer au plaisir de revoir sa chère Joséphine.

Qu'était cette contrariété, comparée à l'épreuve douloureuse à laquelle elle allait être soumise? C'était pendant la nuit...... Nos voyageurs en ayant déjà passé une à Nevers, s'étaient déterminés à ne plus s'arrêter jusqu'à Paris, et commençaient à goûter un peu de repos, fatigués qu'ils étaient d'une journée brûlante, quand ils furent brusquement réveillés par un bruit inaccoutumé.

La marquise poussa un cri déchirant : la portière s'était ouverte, et Marie, sa chère Marie avait roulé sur le pavé !..... Le sentiment maternel lui donnant une énergie surnaturelle, elle s'élance hors de la voiture qui n'allait à la vérité qu'au pas, ordonne au postillon de s'arrêter, et, relevant sa chère petite fille étendue à ses pieds, la presse sur son cœur, la questionne, répète mille fois son nom chéri !...... Un silence, un silence de mort est la seule réponse de l'enfant...... Le marquis saisit alors une lanterne dont la vacillante lueur vient éclairer cette scène lugubre.........

Cependant les membres de la chère petite étaient

parfaitement souples, et sa pauvre mère, qui les
tâtait tour-à-tour, se livrait encore à l'espoir. La
bonne Charlotte cherchait à la calmer en arguant
du peu d'élévation du coupé; mais en dégageant
les boucles soyeuses qui couvraient le joli front
de Marie, Amélie finit par apercevoir à la tempe
une petite tache de sang qui n'excédait pas la
grosseur d'une tête d'épingle...... c'était là qu'avait
porté le coup, coup affreux pour le cœur d'une
mère...... coup terrible...... coup mortel !......

Cependant, après avoir demandé à Dieu le courage qui lui était si nécessaire pour soutenir le
poids de cette inexprimable douleur, elle dit à
son mari : « Emmanuel, prends notre pauvre enfant entre tes bras, rapporte-la dans la voiture et
puis donne doubles guides au postillon, afin qu'il
nous conduise sans désemparer à Paris, d'où nous
ne devons pas être éloignés. »

Ces paroles firent sortir le marquis de l'espèce
de torpeur dans laquelle il était tombé; et ranimé
par le calme sublime d'Amélie, il saisit le corps
inanimé de son enfant et le déposa avec respect
à côté d'elle; puis, montant sur le siége, il donna
l'ordre du départ.

Qui pourra décrire les tortures de ces malheureux parents, de cette pauvre mère surtout qui
se reprochait, ingénieuse qu'elle était à les augmenter encore, sa négligence, son peu de pré-

caution...... jusqu'à ses quelques minutes de repos...... Cependant, rappelant toute la vivacité de sa foi, elle s'inclina sous la main qui venait de la frapper......

« N'est-ce pas la main d'un père et du meilleur des pères, se dit-elle!......

» La vie m'aurait d'ailleurs paru trop triste à quitter si je l'avais *laissée*.... au lieu qu'à présent, enfant chérie, mourir ce sera te retrouver......»

En moins d'une heure, ils étaient au rond-point des Champs-Elysées. Le jour commençait à poindre, mais à Paris on goûte peu les beautés du lever de l'aurore; aussi un calme profond régnait-il partout, et ce ne fut qu'à grand'peine que le marquis de L. put se faire ouvrir l'appartement qui lui était destiné. Amélie fit déposer sa chère Marie sur un lit qu'elle prépara elle-même à cet effet, puis joignit ses petites mains et les baisant avec amour, elle s'écria : « O mort! tu n'es qu'un sommeil......» Puis elle ajouta à voix basse : « Ange de ma vie, du haut du ciel ou tu résides à jamais, prie pour ton malheureux père, pour moi, enfant chérie, qui t'ai portée dans mon sein, nourrie de mon lait...... rends-moi ce que je t'ai donné...... change le cœur de...... »

Ici les paroles expirèrent sur les lèvres d'Amélie; elle pria longtemps en silence; mais quand elle se releva, un rayon de divine espérance brillait

7

sur son front, et ses traits en recevaient comme une empreinte céleste qui ne put échapper aux regards du marquis......

« Amélie, lui dit-il, en la pressant sur son cœur, ne me quitte pas...... reste sur la terre, mon ange, j'ai besoin de ton appui...... »

Un torrent de larmes accompagna cet élan arraché à une douloureuse admiration. C'est que l'affliction, en nous enlevant à nos vaines illusions, nous montre le prix inestimable du dévouement et de la vertu. Le bandeau qui avait dérobé jusqu'alors aux yeux d'Emmanuel tout le mérite d'Amélie, venait de se déchirer; elle lui apparut tout-à-coup comme le type sacré de l'épouse chrétienne, et se reprochant amèrement tous ses torts envers elle, il jura dans le secret de son cœur, sur le corps inanimé de son enfant, de s'efforcer de devenir digne d'elle......

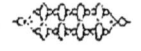

CHAPITRE X.

L'adieu suprême.

M. Duvergne, prévenu par Charlotte, se hâta d'arriver. Il mêla ses larmes à celles de ses malheureux amis, leur promit d'écrire à Mme Vaudret, se chargea de toutes les formalités à remplir dans ces tristes circonstances, et ne cessa enfin de leur donner les plus touchantes preuves d'un cœur sensible et d'une amitié sincère et dévouée.

Cependant le moment le plus cruel de tous approchait; celui de soustraire aux derniers baisers de la mère, l'enfant qu'elle croit parfois ne pas avoir perdu, tant qu'il lui est donné de contempler ses traits chéris que la mort semble quelque temps respecter......

Amélie s'arracha avec effort de la chambre funèbre; et, se jetant au pied de son crucifix, unit sa douleur à celle de la Mère du Christ, la conjurant de donner à son époux les forces nécessaires

pour s'acquitter de la pénible mission qui lui restait encore à remplir.

La prière d'un cœur affligé monte vers Dieu
comme un pur encens; aussi il eut pour agréable
celle d'Amélie, et le marquis de L. sentit au fond
de l'âme, malgré la douleur poignante qui l'oppressait, une douce tranquillité et un calme qu'il
n'avait jamais encore éprouvés......

En entrant dans le temple saint, il fut surpris
d'entendre, au lieu d'accents funèbres, des chants
de joie et d'allégresse; c'est que l'Eglise, la sainte
épouse de Jésus-Christ, comprend bien autrement
que nous ses mystérieux desseins de prédestination
et de grâce. Voilà pourquoi, toujours divinement
inspirée dans sa sublime liturgie, elle a surtout
des paroles aimables, ravissantes en ce jour où le
ciel s'est ouvert pour recevoir dans son sein un
jeune enfant beau de son innocence; aussi, dans
le trésor des livres saints confiés à sa garde, trou-
ve-t-elle toujours un baume rafraîchissant que sa
main amie applique sur les blessures les plus cui-
santes de notre âme...... Le marquis en éprouva
la bienfaisante influence.

Il ouvrit le livre que lui avait donné sa pieuse
épouse, et en y lisant ces admirables prières dont
l'Eglise se sert à la messe qu'elle célèbre pour l'in-
humation des petits enfants, il sentit peu à peu
se calmer toutes les agitations de son cœur pa-

ternel, et si ces touchantes invocations ne tarirent
pas la source de ses larmes, elles les firent couler
avec moins d'amertume. Quand le saint Sacrifice
fut achevé, on se dirigea vers le cimetière Mont-
martre, où le corps de Marie devait être inhumé.

Avant de dire à son enfant le dernier adieu, le
marquis jeta sur sa tombe une couronne de roses
blanches, et prenant celle qu'Amélie avait voulu
déposer elle-même sur le petit cercueil qui renfermait les précieux restes de sa chère enfant, elle
la baisa avec transport.

« Emblême d'innocence et de pureté, dit-il,
sois désormais pour moi un gage sacré de vertu,
de bonheur...... Ma sainte épouse et toi, mon ange,
ne t'ont-ils pas donné une ineffaçable consécra-
tion !.... »

Quand, au retour de cette cérémonie funèbre
qui avait si fortement impressionné ce père, naguère encore si froid, si insensible, les deux époux
se retrouvèrent seuls, ils sentirent que le Seigneur les avait désormais enlacés de ce lien mystérieux que l'on nomme la souffrance...... la même
douleur les oppressait, la même espérance faisait
battre leur cœur, le même désir remplissait leur
âme et adoucissait par une résignation toute chrétienne leur commune affliction.

Emmanuel sentait qu'un abîme le séparait encore de son Dieu et de son Amélie ; mais le re-

pentir n'a-t-il pas des ailes qui aident à franchir
les plus grandes distances? Aussi, depuis qu'il avait
prié, depuis qu'il avait dit au Seigneur, dans l'élan
d'un cœur pénétré de l'énormité de ses fautes :
« O Dieu ! pardonnez-moi...... car je veux vous
aimer, » il se sentit délivré d'un énorme poids ; les
paroles de son angélique épouse excitaient en lui
une muette extase ; et Amélie, certaine d'être comprise, versait avec confiance son âme tout entière
dans celle d'Emmanuel qui, pour la première fois
de sa vie, et malgré la tristesse qu'il éprouvait,
goûtait ce calme, cette paix ineffable, que dans
ce monde de misères et d'épreuves on peut appeler
du bonheur !

Oh ! qu'il est malheureux celui qui ne connaît
point cette joie sainte des larmes ; il en aura tant
à répandre dans le cours de son existence !......
C'est à l'heure des épreuves qu'il sentira que tous
les hommes sont des *consolateurs importuns*, que
la philosophie disant à la souffrance avec une
amère ironie : « Tu n'es qu'un mot », ne lui rend
que plus cuisante encore celle qu'il ressent, et
que la religion, qui du doigt lui montre à la
fois le calvaire et le ciel, le ciel avec ses éternelles
délices, le ciel avec ses trônes d'or réservés aux
élus, sa milice angélique et ses admirables concerts, peut seule, à l'aide de ces immortelles espérances, lui faire aimer cette folie de la croix,

scandale pour les Juifs et mépris pour les Gentils[1];
mais comprise par les fidèles servantes du Christ,
qui baisent avec amour les traces ensanglantées de
ses pas divins, et aspirent à l'heureux moment où,
attachés comme lui à l'arbre de la Croix, ils pourront, en élevant leurs yeux vers la céleste patrie,
s'écrier avec leur adorable modèle : « Mon Dieu !
mon Dieu ! je remets mon âme entre vos mains ! »

Amélie ne tarda pas à recevoir une lettre de
Mme Vaudret, que M. Duvergne avait instruite du
cruel épisode, qui avait marqué du sceau de la
mort l'arrivée du marquis et de la marquise de
L. dans la capitale. Après l'avoir lue, elle poussa
un profond soupir...... « Pauvre femme, pensa-t-
elle, elle est bien plus malheureuse que moi, sa
fille lui reste à la vérité, mais elle n'a pas sa
confiance, son cœur !...... Elle est entourée de
toutes les jouissances du luxe, mais elle ne connaît pas celles de l'âme...... la moindre contrariété est pour elle un chagrin...... et il y en a un
si grand nombre répandu dans la vie ! Une illusion vaine dissipe facilement, à la vérité, les nuages
qui couvrent son front, mais de continuelles déceptions les font reparaître et forment bientôt un
véritable orage qui a un pénible retentissement.....
Aussi, comme les consolations banales qu'elle

<hr>

[1] Saint Paul.

m'adresse soulageraient peu mon pauvre cœur, s'il
n'y avait en lui une voix secrète dont l'éloquence
divine le transporte au-dessus de toutes les réalités
pénibles de l'existence, vers un monde meilleur,
où il n'y aura plus besoin de foi, puisque nous y
serons admis à la contemplation de ce que nous
aurons *cru*; d'espérance, parce que nous jouirons
de la possession immuable de ce grand tout qui
est Dieu même, mais où la charité, sans cesse
alimentée à la source divine de laquelle elle dé-
coule, enflammera nos âmes de ses célestes ar-
deurs !...... »

CHAPITRE XI.

Madame Vaudret.

Mme VAUDRET, comme l'avait si bien jugée Amélie, était une de ces femmes qui avait brillé dès son début dans le monde.

C'était au moment où Napoléon cherchait à s'environner d'une cour qui pût balancer par son éclat les splendeurs de l'ancien régime ; sachant bien que les belles manières et le bon ton ont aussi leurs souvenirs traditionnels, il favorisa les mariages de ses officiers-généraux (ces favoris de la victoire comme on les appelait alors), avec les jeunes filles d'émigrés rentrés en France par son ordre, et qui n'ayant pour dot que leur noblesse héréditaire, se trouvaient heureuses et fières de devenir l'épouse d'un de ces braves qui avaient conquis leurs épaulettes au bout de leur épée, et dont le titre et le nouveau nom rappelaient souvent la bataille où ils s'étaient illustrés, le pays qu'ils avaient conquis.

Melle de Blinville, issue d'une ancienne famille de Lorraine, n'était pas encore née quand les troubles politiques de la France forcèrent ses parents à demander à un sol étranger la sécurité et le calme que lui refusait leur malheureuse patrie. Ce ne fut qu'au prix de bien des labeurs qu'ils purent se créer quelques moyens d'existence ; ballottés, renvoyés de ville en ville, il y avait des moments où sans asile et sans ressources, ils paraissaient devoir périr de souffrance et d'inanition.

Cependant le comte et la comtesse de Blinville finirent par trouver au fond des Alpes un petit châlet, où ils vécurent assez paisibles jusqu'au moment où un décret du premier consul leur rouvrit les portes de la France.

Ayant appris que leurs biens avaient été confisqués ou vendus, ils se rendirent directement à Paris, conduisant avec eux une charmante petite fille qui n'avait pas encore atteint sa septième année ; ce qui avait déterminé le choix de cette résidence, c'était l'espérance que nourrissait Mme de Blinville, de trouver une protectrice dans l'épouse du premier consul avec laquelle elle avait été élevée. Ses prévisions ne tardèrent point à se réaliser ; Joséphine accueillit Mme de Blinville avec la plus gracieuse expansion et obtint de Bonaparte

un emploi honorable pour le comte, qui eut besoin
de songer, pour l'accepter, au dénuement absolu
dans lequel son refus mettrait sa femme et sa fille.

Celle-ci reçut de sa mère, secondée par quelques bons maîtres, une éducation distinguée, et à
seize ans elle était aussi remarquable par ses talents que par ses dons extérieurs. Joséphine, en
devenant impératrice, avait toujours conservé cette
disposition bienveillante, ce touchant intérêt qu'elle
portait au malheur; aussi Mme de Blinville trouva-
t-elle en elle la même sympathie, et sa fille,
qu'elle lui avait demandé la faveur de lui présenter, la charma tellement qu'elle lui promit de
s'occuper de son avenir, « je crois pouvoir
assurer, ajouta-t-elle avec un aimable sourire,
qu'il nous sera facile de fixer son sort d'une manière qui réponde à toutes les exigences maternelles. »

Deux mois après, la fille de la comtesse de
Blinville devenait l'épouse du colonel Vaudret, que
Napoléon, en récompense de ses brillants services,
créa baron, ajoutant à ce titre, comme cadeau de
noces, un majorat considérable à l'étranger.

Les commencements de cette union, il faut bien
le dire, fondée sur des bases purement spécula-
tives avec des éléments hétérogènes, furent loin
d'être heureux.

La jeune baronne, sans cesse froissée par les

manières brusques, tranchantes et peu courtoises
de son époux, cherchait le plus possible à s'éloigner de lui et ne songea pas à s'en faire un soutien au milieu de ce tourbillon du monde, où elle
venait d'être lancée.

Cependant, comme cette imprudente jeune femme avait reçu de sa mère des principes religieux,
le fond de son cœur se conserva pur.

Mais le colonel, blessé de sa dédaigneuse conduite, se laissait souvent aller à des emportements
qui provoquaient les pleurs de Louise, et ne faisaient qu'augmenter l'éloignement qu'elle avait pour
lui. C'est ainsi que se passèrent les deux premières
années qui suivirent leur mariage, et cette mé-
sintelligence qui régnait entre les deux époux,
aurait peut-être fini par devenir publique, si des
bruits de guerre en retentissant aux oreilles du
colonel Vaudret, n'étaient venus réveiller en lui
tous ses instincts belliqueux et lui faire oublier ses
ennuis d'intérieur.

CHAPITRE XII.

Episode de la guerre de 1812.

C'ÉTAIT au commencement de l'année 1812, de cette année qui devait voir les aigles de Napoléon se perdre dans les steppes incultes de la Russie, et la plus brillante armée qu'ait jamais eue la France, ensevelie dans la neige et sous la glace de son affreux climat.

Le colonel dut rejoindre bientôt son régiment.

Oubliant alors leurs griefs réciproques, M. et Mme Vaudret se firent de touchants adieux.

Ce fut avec un sentiment pénible que Louise quitta ce bel appartement orné par son époux avec la plus grande recherche, pour aller occuper une modeste chambre dans le petit logement que sa mère avait loué au fond du marais. Mais le colonel avait obtenu d'elle, avant de partir, un sacrifice que nécessitait sa position de jeune femme, éloignée de son mari.

La promptitude qu'elle mit à remplir sa promesse lui rendit l'estime de ceux qui avaient
blâmé jusqu'alors son imprudente légèreté.

Cependant en France on était effrayé du choc
qui se préparait. Les mères, les épouses exha-
laient leurs plaintes, qui trouvaient un écho fidèle
dans le vœu général de la population fatiguée de
la guerre.

Les grands mêmes qui entouraient l'empereur
désapprouvaient cette expédition lointaine qui les
arrachait aux douceurs de la vie privée, et comme
ils n'avaient plus rien à acquérir, ils tenaient à
conserver et à jouir enfin de leurs grades, de
leurs honneurs, de leurs richesses. Ce fut donc
avec un sentiment général de réprobation qu'on vit
commencer cette guerre.

Le colonel Vaudret, soldat avant tout, et fa-
çonné à une obéissance passive, ne voyait dans la
campagne qui allait s'ouvrir qu'une occasion d'acquérir de la gloire, de nouveaux grades, et le
bruit des armes étouffa bientôt en lui les regrets
de la séparation. Napoléon avait rassemblé une
armée de six cent cinquante mille hommes, avec
lesquels il s'avançait vers le Niémen, fleuve qui
naguère avait réuni les deux empereurs dans une
célèbre entrevue où ils s'étaient quittés amis, et
qui maintenant était la barrière entre ces mêmes
monarques devenus ennemis.

Lorsque l'empereur aborda sur la rive, son cheval s'abattit et le précipita sur le sable, et on entendit une voix s'écrier : « Ceci est d'un mauvais présage, un Romain reculerait. »

Napoléon dut entendre ces paroles, mais il était trop avancé pour reculer. Bientôt une autre circonstance vint jeter la frayeur même parmi les plus enthousiastes ; en effet, l'empereur s'était à peine avancé d'une lieue sur cette terre inhospitalière que le jour s'obscurcit ; un bruit sourd agitait l'air et annonçait une violente tempête ; le vent s'éleva accompagné des sinistres roulements de tonnerre ; les nuées enflammées s'amoncelaient sourdement et semblaient s'abaisser sur cette terre pour en défendre l'entrée.

Ces lourds et noirs nuages menacèrent l'armée de leurs feux, et inondèrent de leurs torrents un espace de plus de quarante lieues.

Les routes et les champs confondus ne formaient plus qu'un vaste lac ; à la chaleur accablante succéda tout-à-coup un froid vif et pénétrant ; beaucoup d'hommes et dix mille chevaux périrent dans cette effroyable tempête.

Le ciel voulut sans doute envoyer un dernier avertissement au conquérant insatiable qui avait tant abusé de sa fortune. La fin de cette malheureuse expédition ne démentit pas de si funestes présages.

On avançait au milieu des combats chaque jour renouvelés, des décombres et des monceaux de cendres des villages et des villes incendiés.

Plusieurs des généraux eux-mêmes commençaient à se fatiguer ; les uns s'arrêtaient malades, d'autres murmuraient contre l'empereur, se demandaient s'il ne les avait enrichis que pour les exposer dans ce pays à la misère ? S'il ne les avait mariés, que pour les rendre veufs par une absence continuelle ? S'il ne leur avait donné des châteaux, que pour les faire coucher sur la terre nue et couverte de frimas ?

Mais, la trompette ou le tambour se faisaient-ils entendre, oubliant toutes leurs plaintes, ces hommes d'action couraient avec empressement au danger et contribuaient avec une héroïque constance aux succès d'une guerre qu'ils blâmaient entr'eux.

On passa le Borystène, on arriva sur le côteau de Valentina qui devint le théâtre d'un combat terrible.

Vaudret, à la tête de son régiment, s'y couvrit de gloire, et l'empereur le nomma général sur le champ de bataille. Après bien des efforts, après la grande bataille dont le maréchal Ney reçut le nom avec le titre de prince, on arriva à Moscou. Moscou, la ville sainte des Russes ; Moscou, le but et l'objet de l'ambition de Napoléon ; Moscou, où il se flattait de signer la paix ; Moscou, où il se

promettait de donner à ses troupes le repos et
l'abondance; Moscou...... était déserte.

A cette nouvelle, Napoléon se sentit atterré; il
entre pensif dans cette vaste solitude et va se loger
au Kremlin, ancien palais des czars.

Mais bientôt il est obligé de le quitter, Moscou
a été incendié, et les flammes menacent le Kremlin; le vent qui augmente d'impétuosité porte au
loin des débris enflammés.

Les caissons de l'artillerie se trouvaient rangés
dans la cour extérieure, en sorte que pendant plusieurs heures le sort de l'armée dépendit de cha-
cune des étincelles qui traversaient les airs.

Des hommes, des femmes à la figure sinistre
parcouraient, la torche à la main, ces rues embrasées et activaient partout l'incendie.

Il fallait abandonner Moscou; mais comment traverser ces rues enflammées, comment s'y reconnaître, puisqu'elles ont disparu dans la fumée et
sous les décombres?

L'empereur suivait une rue étroite, tortueuse,
bordée des deux côtés de bâtiments en flammes
qui s'écroulaient avec fracas. Tout d'un coup son
guide s'est égaré; encore quelques instants et il
ne sera plus possible de sortir de cette rue qui
s'allonge entre deux murailles de feu. Dans cette
inexprimable détresse, quelques soldats accoururent
et guidèrent l'empereur hors de cette fournaise.

On était au 19 octobre, et bientôt l'hiver avec
toutes ses horreurs allait amener sur l'armée les
plus effroyables misères ; alors tout changea, l'aspect du pays, les chemins, les hommes. A dater
du 6 novembre, la marche ne fut plus qu'une longue
déroute ; des tourbillons de neige enveloppent
l'armée, cette neige s'attache à leurs vêtements qui
se gèlent sur eux ; dans ce linceul de glace,
nombre de soldats se couchent pour ne plus se
relever ; d'autres plus intrépides passent indifférents auprès de leurs camarades tombés, se traî-
nent en grelottant, et vont eux aussi tomber un
peu plus loin.

Leurs armes leur deviennent un poids insupportable, elles échappent à leurs bras engourdis. On
marchait tout le jour, et le soir, quand on voulait
établir les bivouacs, on manquait d'abri, de bois,
de nourriture ; ou si on parvenait à allumer du
feu, c'était pour y faire rôtir de misérables lambeaux de chair de cheval, ou pour préparer une
sorte de bouillie de farine délayée dans de l'eau
de neige ; si les malheureux s'abandonnaient au
sommeil, le lendemain des rangées circulaires de
soldats gelés indiquaient la place des bivouacs de
la veille.

Alors tout se désorganisa, chacun ne songeant
plus qu'à sa propre conservation. L'armée ne présenta bientôt plus qu'une masse informe ; on voyait

de longues files de soldats sans armes, de femmes,
d'enfants même, de voitures, de valets, de ca-
nons, de caissons, se pressant pêle-mêle sur cette
mer de neige.

Les chevaux tombaient par milliers et augmen-
taient l'encombrement; aux cris de cette multitude,
aux juremens, aux imprécations, aux gémisse-
ments de ceux qu'on foulait aux pieds, se mêlait
la grande voix de la tempête et le bruit du canon
dont les coups éclaircissaient les rangs tumul-
tueux.

Des marches forcées achevèrent de disperser tout
ce qui était rassemblé, ou se perdait dans les sombres forêts qu'il fallait traverser; les restes des
corps achevèrent de se débander; tout se mêla,
tout se confondit.

La colonne ne présentait plus qu'une immense
cohue, une longue file de spectres couverts de
lambeaux de vêtements; ici des pelisses de femmes,
là des morceaux de tapis; ailleurs des haillons de
manteaux à demi brûlés, ou bien encore de riches
habits de boyards; on voyait avec effroi se traîner
péniblement ces malheureux soldats naguère si
brillants d'audace, de force, de santé, et maintenant baves, décharnés, la figure hérissée d'une
barbe hideuse, mornes, silencieux et découragés;
quelques faibles pelotons de soldats armés, à peine
quelques centaines d'hommes, restes de ces corps

d'armée si nombreux que le froid et la faim avaient
si promptement décimés; les généraux partageant
le sort des soldats, méconnus par eux, malheureux comme eux, à pied, et manquant le plus souvent de nourriture et d'abris.

Ils marchaient pêle-mêle avec les soldats; tous
les liens étaient rompus; tous les rangs étaient
effacés par la misère commune. Enfin on arriva
à cette rivière qui devait nous être si fatale; la
Bérésina se présente avec ses rives escarpées, ses
berges miroitées par la gelée; ses eaux charriant
d'énormes glaçons; ses ponts construits à la hâte,
mais trop faibles, hélas! pour supporter le poids
de la foule immense qui s'y précipite à la fois;
le désordre fut si grand que sur ses bords s'amon-
cela toute cette foule en désordre.

Ce fut avec la plus grande peine que Napoléon
put se frayer un passage et franchir ce terrible
défilé.

Un des ponts vient à se rompre; ceux qui se
trouvent près de l'ouverture béante, poussés par
ceux qui viennent derrière, tombent dans les flots.

On se heurte, on s'écrase, on se bat sur ces
planches si frêles : ceux qui tombent s'attachent
à ceux qui les repoussent et les entraînent avec
eux, et bientôt un même gouffre s'ouvre et se re-
ferme sur les uns et les autres et les réunit dans
le même tombeau.

Les boulets, les obus pleuvent sur cette foule
éperdue et mettent le comble à l'horreur de cette
situation. Cependant l'ennemi s'avance, il est là,
il faut brûler les ponts pour mettre entre lui et
nous la barrière infranchissable du fleuve. Ce fut
alors parmi la foule des infortunés abandonnés sur
la rive, une désolation, un désespoir qu'aucune expression ne peut rendre.

Quelques-uns pour ne pas être faits prisonniers,
tentent de traverser la rivière, mais le froid de
l'eau raidit leurs membres, et après quelques
vains efforts, ils périssent dans ces ondes glacées ;
les autres attendent dans une effrayante stupeur le
sort terrible auquel ils ne peuvent échapper sous
le fouet du Cosaque et dans les steppes immenses
de cet affreux pays.

Jusque-là, le général Vaudret avait échappé à
tous les dangers et avait trouvé dans l'énergie de
son caractère la force de les surmonter. Mais enfin
la faim, le froid, la vue d'une foule d'officiers
qui tombaient autour de lui ; la perte de tous les
bagages et surtout de l'artillerie : l'aspect désolant
de tant de fuyards, celui plus déchirant encore
des blessés qu'on était obligé d'abandonner et
qui se roulaient avec d'horribles imprécations sur
une neige teinte de leur sang. Tout se réunit pour
abattre la force morale qui jusqu'alors l'avait
soutenu.

Il eut grande peine à atteindre Wilna, il ne lui fut pas possible d'aller plus loin : il resta dans cette ville une vingtaine de mille hommes, et parmi eux plus de trois cents officiers et sept généraux, la plupart blessés, qui tombèrent dans les mains de l'ennemi.

Conduit avec ses compagnons d'infortune à l'empereur Alexandre, le général Vaudret en fut reçu honorablement et traité avec générosité. A chacun fut assigné une destination particulière. M. Vaudret fut envoyé à Odessa.

Le duc de Richelieu en était gouverneur. Il eut pour son compatriote malheureux tous les égards que réclamait sa position, adoucit sa captivité autant qu'il était en lui, et s'en fit ami.

Pendant le cours de cette désastreuse campagne, Mme Vaudret avait été privée de nouvelles de son mari, les bulletins mêmes de l'armée se taisaient sur le sort des victimes de la guerre, et plus tard elle s'adressa vainement au ministre, aux généraux échappés au désastre commun. Personne ne put lui apprendre ce qu'était devenu son époux.

Cette cruelle incertitude dura jusqu'en 1814. On se souvient qu'à cette époque Alexandre rendit à Louis XVIII les prisonniers français retenus dans ses vastes états.

Ce fut alors seulement qu'il fut donné au général

Vaudret de revoir la France et de se réunir à sa jeune épouse.

Après un interminable et pénible voyage par terre, le général Vaudret arriva à Paris dans un état de santé alarmant. Ses facultés intellectuelles mêmes étaient affaiblies, accident assez commun à presque tous ceux qui avaient fait cette horrible retraite ; mais enfin l'air de la patrie, peut-être aussi les soins de Mme Vaudret aidèrent à rétablir sa santé.

Pourtant il ne fut pas d'abord employé, mais il obtint par l'entremise du duc de Richelieu, devenu ministre du roi, le payement de l'arriéré de son traitement, et peu après, lors de l'indemnité accordée aux émigrés, Mme Vaudret recueillit du chef de son père une fortune assez considérable. Lors de la guerre d'Espagne, le général Vaudret obtint le commandement d'une brigade dans l'armée du duc d'Angoulême, et suivit ce prince jusqu'à Madrid.

De là il fut appelé en Catalogne sous les ordres du maréchal Moncey ; et prit part à tous les combats qui se livrèrent dans cette province. Dans une affaire brillante contre Mina, il battit complètement ce fameux chef de partisans, dispersa toutes ses troupes et le força à fuir presque seul dans les montagnes.

Ce fut à la suite de ce combat où Vaudret était resté vainqueur, qu'un boulet vint le frapper et lui fit trouver la mort au sein même de la victoire.

Mme Vaudret, en apprenant cette sinistre nouvelle, éprouva une douleur véritable. L'estime générale dont son mari était entouré lui avait rendu moins pénible à supporter la rudesse de ses manières, et la bonté de cœur venait si promptement réparer les brusques saillies de son caractère naturellement violent et emporté, qu'elles ne lui causaient plus cet effroi qu'elle éprouvait au commencement de son mariage, quand il se livrait à ses bouillants accès de colère. La perte de M. Vaudret lui aurait été encore plus sensible, si elle était demeurée sans enfant, mais une charmante petite fille lui restait.

Reportant sur elle toute la vivacité de ses affections, elle se voua à son éducation et n'épargna ni peine ni dépense, pour seconder les heureuses dispositions qu'elle tenait de la nature; ainsi à quinze ans on la citait comme un petit prodige, et sa mère, fière de la produire dans le monde, la conduisit dès-lors dans les plus grandes réunions, en moins de deux ans, la pauvre Joséphine, ballottée de soirées en soirées, de concerts en concerts, finit par être tellement fatiguée de tous ces bruyants plaisirs qui avaient même notablement nui à sa santé, qu'elle conjura sa mère d'aller passer quelque temps au château de Belmont où elle se promettait de goûter un parfait repos.

Il n'en fut pas ainsi : les réunions de voisinage succédèrent à celles de la cité, Joséphine devint l'idole devant laquelle brûlait chaque jour l'encens de la flatterie ; dont Mme Vaudret savourait la fumée enivrante, sans s'apercevoir que sa fille était loin d'en goûter les douceurs.

Cependant toutes les fois que celle-ci chantait un morceau de longue haleine, une petite toux sèche révélait une fatigue de poitrine dont Mme Vaudret ne tarda pas à s'alarmer.

Elle la conduisit aussitôt à Paris pour consulter les sommités de la faculté sur ce qui éveillait ses sollicitudes maternelles.

Selon ce qui arrive ordinairement lorsque l'on a recours à divers avis, ils furent tous différents ; cependant ils s'accordaient en un point essentiel, l'existence d'une irritation du larynx.

Parmi les remèdes indiqués, Mme Vaudret choisit celui qui était le plus en rapport avec ses goûts, et il fut décidé que dès les premiers jours de juillet elle partirait avec sa fille pour le Mont-Dor.

Le docteur B., médecin en chef de l'établissement thermal, découvrit avec la sagacité qui le caractérise que la toux de Joséphine n'était qu'accidentelle, que les eaux ne feraient qu'augmenter l'irritation qu'elle ressentait, et qu'en conséquence elle devait se contenter de prendre les bains.

Il lui ordonna aussi de monter à cheval, et nous

9

avons vu comment, en suivant une prescription qui du reste lui était très-agréable, elle aurait pu devenir victime du plus affreux accident, si la marquise de L., apercevant de sa fenêtre le danger que courait la jeune amazone, n'eût envoyé à son secours sa fidèle Charlotte.

Nous avons dit aussi comment Amélie avait acquis par là des droits bien réels à la reconnaissance de Mme Vaudret, il ne nous reste plus à présent qu'à reprendre le cours de la correspondance de la marquise de L. avec Joséphine Vaudret.

CORRESPONDANCE.

JOSÉPHINE VAUDRET A LA MARQUISE DE L.

Belmont, 11 septembre.

« Je ne saurais bien, chère madame, vous dire tout ce que j'ai ressenti de peine en apprenant l'affreux malheur qui vient de jeter un voile funèbre sur notre vie entière...... Elle était si gracieuse, si douce, votre chère petite Marie !...... mais pourquoi vous rappeler ce qui peut augmenter encore l'amertume de vos regrets ; ne vaut-il pas mieux vous dire à vous si chrétienne, si pieuse, que votre fille bien-aimée a quitté la misère de l'exil pour jouir à jamais des joies de la Patrie, et que, sans avoir couru les dangers du naufrage, elle est arrivée au port.

» Cette pensée me rappelle les délicieux vers inspirés au chantre de Nîmes par l'ange de la consolation ; ils me semblent si en rapport avec ce que je me trouve impuissante à exprimer, que je ne puis résister au désir de vous les transcrire.

L'ANGE ET L'ENFANT.

———◇◇◇———

Un ange au radieux visage,
Penché sur le bord d'un berceau,
Semblait contempler son image
Comme dans l'onde d'un ruisseau.

« Charmant enfant qui me ressemble,
» Disait-il, oh ! viens avec moi,
» Viens, nous serons heureux ensemble,
» La terre est indigne de toi.

» Là, jamais entière allégresse,
» L'âme y souffre de ses plaisirs :
» Les cris de joie ont leur tristesse,
» Et les voluptés leurs soupirs.

» La crainte est de toutes les fêtes ;
» Jamais un jour calme et serein
» Du choc ténébreux des tempêtes
» N'a garanti le lendemain.

» Eh quoi ! les chagrins, les alarmes
» Viendraient troubler ce front si pur,
» Et par l'amertume des larmes
» Se terniraient ces yeux d'azur !

» Non, non, dans les champs de l'espace,
» Avec moi tu vas t'envoler :
» La Providence te fait grâce
» Des jours que tu devais couler.

» Que personne dans ta demeure
» N'obscurcisse ses vêtements ;
» Qu'on accueille ta dernière heure
» Ainsi que tes premiers moments.

» Que les fronts y soient sans nuage,
» Que rien n'y révèle un tombeau ;
» Quand on est pur comme à ton âge,
» Le dernier jour est le plus beau. »

Et, secouant ses blanches ailes,
L'ange à ces mots a pris l'essor
Vers les demeures éternelles......
Pauvre mère......! ton fils est mort !

» Je ne veux pas terminer cette lettre sans vous
dire, chère amie, combien nous avons été privées de ne pas vous voir à Belmont....... Chaque
jour je vais machinalement à cette chambre que
je m'étais plue à orner pour vous...... Je m'as-
sieds tristement sur la chaise gothique qui est
placée auprès de la fenêtre, et qui me rappelle
celle que vous aviez au Mont-Dor. Et puis je me
reporte à ces moments si heureux où je recueillais
avidement les paroles qui tombaient de votre

bouche et qui renfermaient toujours un conseil prudent, un encouragement au bien; un retour vers le ciel......

» Hélas! que je suis seule à présent, entourée de personnes qui ne sauraient comme vous me deviner et me comprendre...... Vous l'avouerai-je même, l'heureuse influence que votre bienveillante intervention avait eue sur ma mère, a peu à peu disparu, et trop souvent, hélas! quand je veux dans un moment de tendre expansion lui faire l'aveu des torts que j'ai pu avoir envers elle, son visage glacé semble me repousser,...... et alors je m'éloigne de sa présence, et mécontente envers moi-même, j'affecte une joie dont les éclats sont feints et jettent dans mon âme une profonde tristesse......

» Nous avons un fort nombreux voisinage, beaucoup de connaissances, mais fort peu d'amis. Avant de vous avoir connue, je croyais en avoir. Depuis mon retour, je sens bien que j'avais tort de leur donner ce nom,......; ils me flattent trop pour que je puisse croire à la sincérité de leurs sentiments; quoique je sois loin de mériter toute l'affection que vous voulez bien me porter, continuez-la-moi toujours...... Ne m'épargnez pas vos sages avis, grondez-moi plutôt que de ne me rien dire...... Egoïste que je suis dans l'amitié que je vous ai vouée, j'oublie qu'écrire est pour vous une fa-

tigue...... et que vous distraire de vos tristes souvenirs, c'est peut-être vous causer une nouvelle
douleur.

　　　　　　» A vous pour toujours,

　　　　　　　» JOSÉPHINE. »

Paris....

« VOTRE lettre , ma chère enfant , m'a causé
un bien grand plaisir (si toutefois je puis désormais
me servir de ce mot si peu en harmonie avec les
sentiments de mon cœur), puisque j'y ai trouvé
l'assurance d'un attachement que je vous rends
bien, je vous assure, ma très-chère. Je ne vous
dirai rien de ma douleur , si ce n'est que je la
verse dans le sein de Celui qui est la source de
toute consolation et qui, mesurant, puisqu'il lit
dans nos âmes , toute l'étendue de nos peines ,
peut seul en adoucir l'amertume et nous aider à
les supporter.

» Je connaissais, ma Joséphine, les strophes si
bien cadencées., si bien senties de notre poète pro-
vençal, mais je ne vous sais pas moins gré de
l'intention qui vous a portée à me les transcrire. Je
les trouve bien au-dessus de celles de Malherbe sur

le même sujet [1]......... Les premières sont l'expression d'un sentiment profondément religieux,

[1] Nous donnons ici l'ode de Malherbe, afin que ceux de nos lecteurs qui ne se la rappelleraient pas, puissent juger par eux-mêmes si notre manière de voir est erronée.

A UN PÈRE SUR LA MORT DE SA FILLE.

Ta douleur, Duperrier, sera donc éternelle ?
    Et tes tristes discours
Que te met en l'esprit l'amitié paternelle
    L'augmenteront toujours.

Le malheur de ta fille au tombeau descendue
    Par un commun trépas,
Est-ce quelque dédale où ta raison perdue
    Ne se retrouve pas ?

Je sais de quels appas son enfance était pleine,
    Et n'ai pas entrepris,
Injurieux ami, de soulager ta peine
    Avecque son mépris.

Mais elle était du monde où les plus belles choses
    Ont le pire destin ;
Et rose elle a vécu ce que vivent les roses,
    L'espace d'un matin.

La mort a des rigueurs à nulle autre pareilles
    On a beau la prier,
La cruelle qu'elle est se bouche les oreilles
    Et nous laisse crier.

Le pauvre en sa cabane où le chaume le couvre,
    Est sujet à ses lois ;
Et la garde qui veille aux barrières du Louvre,
    N'en défend point les rois.

les secondes d'une sèche philosophie........ Les
unes et les autres renferment de grandes beautés
poétiques ; mais pour ceux qui souffrent, la plus
belle poésie est celle qui touche le cœur........
Malherbe laisse l'infortuné père de Rose sous le
poids de la cruelle certitude de son malheur. Re-
boul au contraire détourne les regards de cette
mère affligée qui se fixent sur une tombe, pour
les élever vers le ciel où il lui montre son enfant
porté sur les ailes de l'ange aux pieds de l'Eternel.

» Je ne me suis permis ce parallèle qu'en souvenir du jugement un peu trop exalté peut-être,
que je vous ai entendu porter sur l'ode à Duperrier........ Vous voyez, ma chère enfant, que j'ai
conservé cette mauvaise habitude que vous m'avez
laissé prendre, de vous dire tout ce que je pense, et
d'opposer à l'effrayante mobilité de votre jeune imagination le contre - poids de sérieuses réflexions,
basées sur la religion et l'expérience........

» Ce que vous me dites de la solitude morale dans
laquelle vous vivez m'a vivement affectée...... Si
elle était le fruit d'un parfait détachement, je vous
en féliciterais au contraire, mais elle me paraît
venir, faut-il dire le mot si pénible au *moi* humain,
qui n'aime pas à se voir démasqué, *d'un excès d'a-
mour-propre*. Ah ! si nous avions plus de charité au
fond du cœur, nous chercherions à bien comprendre
les autres au lieu de tant nous plaindre de ne pas être

compris, nous nous ferions *tout à tous* comme le dit le grand apôtre dans un élan sublime d'amour pour ses frères, et nous finirions par trouver dans cette noble abnégation de nous-mêmes une douceur infinie.

Ce qui, dans de certaines circonstances, pourrait être considéré comme un simple conseil *de perfection chrétienne*, devient pour vous envers Mme votre mère une étroite abnégation........ la voix intime de votre conscience vous dit assez, ma chère enfant, que vous n'êtes pas pour elle ce que vous devriez être........ sa consolation dans les peines qu'elle peut avoir........ puisque trop souvent, hélas! vous êtes le sujet de ses larmes.... hé quoi! vous vous étonnez de sa froideur, quand vous venez à elle pour implorer l'oubli de vos inégalités de caractère et d'humeur; je m'étonne bien plus qu'elle soit encore si indulgente envers vous, qui l'êtes si peu dans les jugements que vous portez si légèrement sur elle.

Travaillez avec courage à corriger vos imperfections; faites-lui-en souvent un aveu sincère, acceptez la sécheresse de son accueil ou le mécontentement qu'elle vous témoignera, comme une juste expiation de vos torts, et croyez en une amie qui voudrait si ardemment votre bonheur, vous n'en goûterez jamais de plus réel que celui que vous éprouverez lorsque vous accomplirez, en vue de

Dieu, tous vos devoirs de piété filliale avec une entière fidélité et un dévouement absolu.

La santé de mon mari me cause de vives inquiétudes ; la mort de notre chère enfant a opéré en lui une bien heureuse réaction morale ; mais elle a brisé ses forces........ce qui est bien pénible pour moi, c'est qu'au moment où, pour la première fois depuis notre mariage, nos cœurs unis par le même lien (celui de la douleur), remplis des mêmes sentiments (l'amour de Dieu), animés par le même modèle (nous rendre heureux par une confiance réciproque), nous sommes forcés d'être presque constamment séparés........

Emmanuel, éprouvant le besoin d'une température de vingt-cinq degrés de chaleur, et moi au contraire ressentant une continuelle oppression qu'un air frais peut seul diminuer........

Aussi, prenant le bras de Charlotte, je vais souvent m'asseoir dans une allée solitaire des Champs-Elysées, ou d'autres fois je me fais conduire là où je pense qu'il peut se trouver quelque bien à faire, quelque misère à soulager...... quand on a beaucoup souffert soi-même, on sent si vivement les peines des autres ! Cette sympathie de la douleur est une mystérieuse attraction qui nous porte au devant de nos frères malheureux, et nous font trouver je ne sais quel charme à pleurer avec eux........ Dans ma prochaine lettre, je vous donnerai quelques

détails sur mes courses et sur les diverses œuvres
de charité, qui couvrent la capitale d'un vaste et
tutélaire réseau. Peut-être pourriez-vous en établir
quelques-unes dans vos alentours?........

S'il en était ainsi, je puis vous en donner l'assu
rance, vous ne vous plaindriez plus de votre *solitude*........ on n'est jamais seul quand on est entouré de pauvres, dont on a pu assouvir la faim,
de petits enfants dont on a développé l'intelligence,
d'ouvriers auxquels on a procuré du travail; mais
cette épitre est déjà trop longue, il faut que je me
hâte de la finir; ce ne sera pas cependant avant
de vous avoir embrassée du plus profond de mon
cœur.........

» Tout à vous en N. S.

ANÉLIE.

» Mille affectueux souvenirs à Mme votre mère...»

Belmont, 4 octobre, onze heures du soir.

» Ne vous étonnez pas de l'heure *indue* que je
choisis pour vous écrire, ma bien chère amie, je
suis encore trop vivement émue de la touchante
cérémonie à laquelle nous venons tous d'assister,
pour que je diffère à vous faire part de toutes les
sensations de mon âme, que la vôtre saura si bien
comprendre........ Vous savez que c'est aujourd'hui
la Fête du Rosaire. Notre bon pasteur, qui réunit à
une vaste érudition toutes les qualités du cœur, avait
convoqué tous ses paroissiens à venir le soir autour
de l'autel de Marie chanter les louanges de cette
tendre Mère, mais avait surtout engagé les jeunes
filles à s'enrôler sous la bannière de cette divine
Reine du Ciel et de la terre, et à faire partie de la
confrérie qu'il allait fonder en son honneur, et dont
les insignes sont un large ruban bleu, et auquel
est *suspendue une médaille* de la Vierge immaculée........

» J'avais obtenu de maman, à force de prières, de revêtir la livrée de Marie, et à sept heures du soir à *demi-couverte* d'un long voile de mousseline blanche, j'allai me présenter à notre vénérable pasteur, qui m'admit à l'honneur de porter à la procession avec quatre de mes compagnes la statue de la sainte Vierge. L'église rayonnait de mille feux......... Une foule immense, venue de quatre lieues à la ronde, la remplissait en tous sens, mais témoignait par le plus parfait recueillement de sa foi et de sa piété. Les dames du voisinage, au nombre desquelles se trouvait ma mère, étaient placées dans une tribune auprès de l'orgue...... Après la procession, pendant laquelle on chanta ces admirables litanies où l'Eglise invoque Marie sous les titres les plus touchants, M. le curé monta en chaire et nous fit l'historique de la fête qui nous rassemblait.

» Il nous montra d'abord le fier Mahomet enlevant aux mains débiles du dernier des paléologues le sceptre de l'empire grec, et arrachant de la flèche aiguë de sainte Sophie le signe de la rédemption du monde, pour y placer le croissant du prophète. Puis un siècle après Selim, second fils de Salomon le magnifique, sillonnant les mers avec de nombreux vaisseaux, envahissant l'île de Chypre et menaçant, s'il venait à s'en rendre maître, de pénétrer dans le cœur de l'Europe, pour y dicter

des lois. Il nous a ensuite dit comment don Juan
d'Autriche, nommé généralissime de la ligue qui,
à la voix du saint pontife Pie v, s'était subitement
formée pour combattre les ennemis du Christ, avait
suspendu un rosaire d'ébène à la poupe du vaisseau
amiral, avant de donner le signal de cette fameuse
bataille de Lépante, dont le saint pape connut
l'heureuse issue par une révélation divine, tandis
qu'il travaillait avec ses cardinaux : il ne s'agit plus
d'affaires, s'écria-t-il tout-à-coup, nous ne devons
penser qu'à rendre grâces à Dieu, la flotte turque
est détruite et les chrétiens sont vainqueurs. Il nous
dit encore comment en commémoration de ce mé-
morable évènement, Pie v institua la fête de Notre-
Dame de la Victoire, transportée par Grégoire xiii
son successeur au premier dimanche d'Octobre,
sous le nom de Notre-Dame du Rosaire....... Enfin,
abandonnant la gravité de l'historien chrétien, notre
bon pasteur nous parla de Marie avec la plus
tendre effusion.........« Ne nous étonnons pas, nous
dit-il, si en ce siècle d'indifférence le culte de la
sainte Vierge grandit et se propage d'une manière
toute surnaturelle; Dieu est patient parce qu'il
est Éternel, aussi semble-t-il parfois oublier de
punir celui qui l'outrage; mais quand il s'agit de
Marie, il n'en est point de même........ Le Père
Éternel est jaloux de venger l'honneur de sa Fille ;
le Fils celui de sa Mère, et le Saint-Esprit de faire

ressortir la gloire de sa chaste épouse, aussi voyons-nous s'étendre le culte de Marie et son amour se graver dans bien des cœurs : en vain l'impie veut-il jeter sur la robe virginale de Marie un limon impur, la grande voix de l'Eglise la proclame immaculée, et chante le triomphe de sa glorieuse Assomption.» Avant de descendre de la chaire de vérité, notre curé, si éloquent dans ses saintes paroles, expliqua l'origine de la dévotion du rosaire, révélée à saint Dominique par Marie elle-même, pour obtenir la conversion des hérétiques albigeois et termina en empruntant cette *conclusion*, à un de nos plus célèbres orateurs chrétiens [1]. « Le rationaliste sourit en voyant des gens qui redisent sans cesse une même parole. Celui qui est éclairé d'une *meilleure* lumière comprend que l'*amour n'a* qu'un mot, et qu'en le disant toujours on ne le répète jamais. »

» Après le salut du saint Sacrement pendant lequel je chantai plusieurs cantiques, ma mère et moi quittâmes l'église et nous gravîmes à pied, par la plus belle soirée d'automne éclairée par un admirable clair de lune, la côte qui sépare le château du village de Belmont. Ma mère était profondément émue; mais les compliments que nos voisins et nos amis qui nous accompagnaient, afin de passer le reste de la soirée avec nous, ne manquèrent pas de lui

[1] Le père Lacordaire.

adresser sur ce qu'ils appelaient ma *belle*, ma *douce*, ma *superbe voix*........ détournèrent sa pensée de ses pieux souvenirs; et quand nous fûmes arrivés au seuil de notre castel, il n'était plus question de la belle fête du rosaire, mais seulement de projets de concerts pour l'hiver dont je serais, disait-on, le plus *bel ornement*. Ces fades flatteries n'ont eu sur moi aucune prise, et prétextant un peu de fatigue, j'embrassai tendrement ma mère qui me permit de me retirer........ Et moi de voler à ma chambrette, de prendre la plume et de vous dépeindre les si douces émotions d'une des plus belles soirées de ma vie.... j'ai fréquenté les réunions du monde, et je puis dire en toute vérité que les plaisirs que l'on y goûte s'évanouissent comme la fumée, ne laissant après eux le plus souvent que fatigue et satiété, tandis que les jouissances que la religion offre à ses enfants sont sans aucun mélange et entraînent avec elles une ineffable joie ! Qu'était-ce que cette réunion de fidèles assemblés dans une pauvre église de village, devant un petit autel orné de quelques fleurs, illuminé par quelques cierges et portant une statue de la Vierge Marie, sinon une fête de famille, une fête de cœur....... Quoi de plus touchant que ce pasteur consacrant à Marie tout son troupeau, et lui recommandant d'une manière spéciale les brebis égarées qui se tiennent éloignées du bercail, et tout ce peuple pros-

terné promettant au Seigneur, par la médiation de
la Mère du Sauveur, une fidélité constante et un
amour sans bornes........ et ces voix de jeunes
filles heureuses et fières de chanter les louanges de
la Vierge sans tache, tout cet assemblage de simpli-
cité et de grandeur laisse dans un cœur catholique
d'ineffaçables souvenirs. Minuit sonne........ il faut
vous quitter, chère amie, mais avant tout je veux
vous dire combien je vais m'efforcer de suivre
les excellents conseils que renferme votre si bonne
lettre; j'en comprends toute la portée, et je vais
attendre bien impatiemment les détails que vous
me promettez sur les bonnes œuvres que je pour-
rai, avec l'aide de Dieu, établir dans nos parages.
Les trente lieues qui nous séparent de Paris ont
jusqu'à présent suffi pour nous rendre complètement étrangères aux bienfaisantes influences des
associations charitables.

» Adieu, et en Dieu ! pour la vie.

» JOSÉPHINE. »

LA MARQUISE DE L. A JOSÉPHINE VAUDRET.

« Vous avez si bien rendu, ma chère amie,
toutes les impressions que vous avez éprouvées
dans cette belle soirée du premier dimanche d'octobre, qu'elles ont passé dans mon âme, et l'ont
délicieusement émue.

» Les détails que vous attendez de moi sont
d'une autre nature, tout en ayant une commune
base, l'amour de Dieu et du prochain. La charité
en action, voilà le tableau que je vais m'efforcer
de vous présenter ; mais je ne ferai qu'esquisser les
traits qu'il vous serait peut-être difficile de repro-
duire à la campagne, et je m'arrêterai de préférence sur ce qui me semblerait pouvoir vous
servir de modèle et seconder vos bienfaisants desseins.

» On fait généralement aux œuvres un grief de
leur multiplicité, mais chacun de ceux qui arti-

culent ce reproche a-t-il bien réfléchi, je ne
dis point à l'abondance des misères, elle frappe
tout le monde, mais à la multitude infinie des
nuances dont elles se composent, et à la variété
des soulagements qu'elles réclament? C'est ainsi
que la salle d'asile qui recueille les petits enfants
depuis l'âge où ils peuvent marcher et se faire
comprendre, ne saurait convenir à ceux qui, ayant
atteint l'âge de sept ans, ont besoin de commencer sérieusement à apprendre; aussi, l'école
des Frères pour les garçons et celle des Sœurs
pour les filles, s'ouvrent-elles alors pour les recevoir, et les disposer à faire leur première communion. Parvenus à cette époque si importante de
leur vie, l'Œuvre de la Sainte-Famille et celle des
jeunes apprentis s'offrent à ces enfants inexpéri-
mentés, pour les aider et les guider dans le choix
d'un état, et par une active recherche leur procure des maîtres pieux chez lesquels ils pourront
non-seulement apprendre un état nécessaire pour
le soutien de leur existence, mais aussi observer
le jour du Seigneur, et d'aller puiser dans de
solides et pieuses instructions, les forces morales
qui leur donneront une vigueur toute nouvelle
pour supporter avec courage les fatigues et les
ennuis d'une semaine de travail...... Puis quand,
parvenus à un âge plus avancé, la pieuse ouvrière
et l'honnête artisan se verront réduits à l'indi-

gence par une maladie, un accident, un manque
d'ouvrage, devinant le sentiment d'une noble
fierté qui les empêche d'aller demander à la porte
des riches le pain qui leur manque pour les
sustenter, le bois qu'il leur faudrait pour ré-
chauffer leurs membres à demi glacés par le froid,
les associés de la société charitable de Saint-Vincent
de Paul viendront au-devant de leurs besoins, et
leur apporteront d'abondants secours.

» Il me semble, ma Joséphine, vous voir d'ici
calculant déjà de quelle manière vous pourriez
impatroniser dans vos alentours quelques-unes
de ces œuvres qui vous paraissent si utiles et si
bien liées entr'elles, que vous ne savez à laquelle
vous arrêter...... Je vais me charger de ce soin
en vous parlant tout au long des ouvriers campagnards dont le titre seul éveille, j'en suis sûre,
votre attention, et qui sont en effet bien dignes
d'exciter votre sollicitude.

» Fondés avec le plus heureux succès par un de
nos plus fameux publicistes [1], rien ne me paraî-
trait plus aisé que d'en établir un à Belmont, en
suivant pas à pas les traces qu'il a lui-même marquées; aussi vais-je le laisser parler. Ses lumières
et son expérience valent mieux que tout ce que
je pourrais vous conseiller à cet égard.

---

[1] M. de Cormenin; voyez Annales de la Charité, 4me No.

« Les ouvroirs des campagnes, dit-il, création toute nouvelle, n'ont aucun rapport avec les ouvroirs de ville qui ne se tiennent que dans les chefs-lieux de département, d'arrondissement et de canton. Ils sont dirigés par des religieuses. On en vend les produits ; on y forme des ouvrières : on leur apprend donc ce qu'il faut savoir pour être ouvrière, femme d'état, etc.

» Il ne saurait en être ainsi pour les ouvroirs campagnards, qui sont fondés pour compléter l'éducation ménagère des jeunes filles de la campagne. Aussi, comme on n'a pas ordinairement les fonds suffisants pour en confier la direction à des religieuses, on la donne soit à la femme du maître d'école, soit à une couturière ou lingère du village, capable, bien formée et choisie par le maire et le curé.

» Il est naturel, il est nécessaire que le curé surveille les ouvroirs de petites filles. C'est à lui que la maîtresse s'adresse s'il lui manque du fil, du coton, du canevas, etc, que la servante rapporte en allant au marché de la ville. Il faut bien entrer dans ces détails, ce sont les mœurs des campagnes, les petites choses se font simplement.

» Le partage de l'instruction des filles doit s'établir ainsi : l'enseignement de la lecture, écriture et calcul au maître d'école (il est bien entendu

que nous ne parlons que pour les villages trop
pauvres pour avoir des sœurs); l'instruction religieuse au prêtre; l'éducation qui comprend la
couture, la marque, le tricot, etc., à une maîtresse.

» En voilà, il me semble, assez, ma chère
Joséphine, pour vous donner une juste idée de
ce que sont les ouvroirs campagnards, et vous
mettre sur la voie pour en créer un, si votre bon
pasteur veut bien vous accorder son efficace concours!

» Je ne saurais vous cacher mes prédilections
personnelles pour les salles d'asile, aussi vais-je
souvent visiter celle qui est établie non loin de la
maison que j'habite. C'est avec un bonheur indicible que je me vois entourée de tous ces petits
êtres qui saluent mon arrivée par de bruyants éclats;
m'entourent, m'embrassent avec cette naïveté du
premier âge, et me rappellent dans leurs jeux
innocents la fille chérie que j'ai perdue!

» Avec quel contentement je demande et j'ob-
tiens la grâce de cette *petite* menteuse ou de ce
gros paresseux que la directrice a gravement tourné
contre le mur en signe de pénitence. Avec quelle
confusion ces *grands* coupables se présentent-ils
ensuite à moi, pour me remercier de ma *clémence*
et me promettre d'être plus sages à l'avenir......
Pour mieux vous faire comprendre ce qui précède,

je vais vous faire une description de notre salle
d'asile au moment de la classe.

» Figurez-vous deux longues estrades de bancs
très-bas, en pente douce, sur lesquels sont rangés
d'un côté les petits garçons, de l'autre les petites
filles, de telle sorte que la directrice a constamment sous les yeux tous ces enfants; au-devant
quelques simples appareils supportent des cartons
où sont peintes de grandes lettres, la machine à
calculer, formée de longues files de petites boules
qui matérialisent en quelque façon la numération,
ou tel autre moyen de communiquer ces premières
notions de l'enseignement qui sera plus tard sérieusement entrepris à l'école.

» Divers mouvements qui se font d'ensemble et de
temps en temps; quelques chants faciles fournissent
un aliment à cet incessant besoin de se mouvoir et
de crier qui est le propre du premier âge.

» Un asile bien tenu et où tout décèle une pensée
bienveillante pour l'enfance, offre un tableau digne
du plus haut intérêt.

» Rude est la tâche pour la personne qui le dirige :
il faut une patience que Dieu seul peut donner.
Celle qui ne puiserait pas en lui les forces nécessaires pour accomplir son devoir, resterait infail-
liblement au-dessous de sa mission.

» Elle doit y penser beaucoup et même en parler souvent en l'accomplissant; car c'est ainsi

qu'elle jettera dans ces jeunes cœurs les premières semences des sentiments religieux qui les aidera un jour à supporter toutes les vicissitudes, toutes les misères de la vie........

» C'est une chose merveilleuse au surplus que la facilité en laquelle on fait entrer, dans l'esprit des enfants, cette idée sublime d'un Être tout-puissant qui punit et qui récompense. L'âme, semblable ici à ces instruments dont il suffit d'effleurer les cordes pour obtenir une vibration sonore, répond sans effort au moindre appel qui lui est fait.

» On voit aussi se développer dans les asiles, d'une manière pour ainsi dire spontanée, d'autres bons sentiments; car le cœur humain est, dès le berceau, le théâtre de ce perpétuel antagonisme du bien et du mal, qui constitue l'existence de ce bas monde.

» Je vais, à l'appui de cette assertion, vous conter un fait qui s'est passé à l'asile, peu de jours avant ma dernière visite. Il est bien enfantin, mais il ne vous en intéressera pas moins, j'en suis sûre.........

» Un pauvre ouvrier, ayant eu le malheur de perdre sa femme, devait reconduire à sa grand-mère une petite fille âgée de trois ans.... mais il lui fallait de l'argent pour faire les soixante lieues qui le séparaient de la vieille femme. Le brave homme se préparait pourtant à partir à pied, son enfant dans ses bras, quand la directrice de l'asile eut l'heureuse idée de faire un appel au cœur des jeunes camarades de la petite fille, et leur demanda s'ils ne voudraient pas consentir à sacrifier quelque peu de ce qui leur était donné pour acheter des friandises, afin qu'elle pût aller en voiture, éviter la faim, et la froidure des nuits. Un jeune garçon s'écria sur-le-champ qu'il avait cinq sous à la maison et les donnerait de bon cœur. Tous les autres de s'écrier à qui mieux mieux : j'ai deux sous, j'ai un sou ! Le lendemain, l'autorisation ayant été obtenue des parents, les deux petites filles les plus âgées de la troupe, c'est-à-dire de cinq à six ans, firent la collecte dont le produit fut remis au père qu'il aida à faire le voyage d'une manière moins pénible.

» C'est une bien humble quête, n'est-ce pas, chère amie, mais je suis persuadée que les anges sourirent du haut des cieux, en voyant ces pauvres petits se cotiser de la sorte pour faire du bien à leurs semblables avec un cœur innocent et pur, exempt de tous ces sentiments vaniteux, qui ne se mêlent que trop souvent aux générosités fastueuses de nos quêtes de société.

» Voici encore une longue épître. Quand je vous écris, je ne sais plus m'arrêter, et cepen-

---

¹ Voyez les Annales de la Charité, 5ᵉ Nᵒ.

dant la fatigue physique que j'éprouve m'indique
qu'il aurait été peut-être plus prudent de finir
plus tôt.......

» Adieu donc, chère Joséphine, dans peu de
jours, je répondrai à Mme votre mère.......je vous
embrasse avec tendresse.

» Tout à vous! en N.-S.

AMÉLIE. »

LA MARQUISE DE L. A LA BARONNE VAUDRET.

Paris, 8 octobre.

« Les témoignages de sympathique douleur que
vous m'avez donnés, madame, m'ont vivement tou-
chée, et je vous aurais déjà exprimé toute ma gratitude, si je n'avais voulu attendre qu'il me fût possible de vous entretenir en même temps d'un sujet
bien grave aussi, et qui a pour le cœur d'une mère
un intérêt tout exceptionnel, tout particulier.......

» Vous devinez peut-être déjà que je veux vous
parler du sort à venir de votre charmante fille,
que je m'estimerais si heureuse de pouvoir fixer
d'une manière avantageuse, et en rapport avec sa
belle position sociale.

Vos souvenirs des eaux ne doivent pas encore être
assez effacés, pour que vous ayez oublié les attentions prévenantes et délicates à la fois dont un ami
intime de mon mari, M. Charles Duvergne, s'est
efforcé de vous entourer presque à votre insu, espé-

rant qu'il viendrait peut-être un jour (jour fortuné
pour lui) où il lui serait permis de prévenir vos moindres désirs et de vous offrir ouvertement l'hom-
mage d'une respectueuse affection, qu'un titre sacré lui rendrait si doux et si facile. Cependant, ca-
chant sous les apparences de la plus franche gaieté
et d'une imperturbable assurance une timidité réelle,
il n'a jamais osé vous dire le bonheur qu'il avait
osé entrevoir........

» Connaissant toute l'affection que je porte à Melle
votre fille, il est venu me demander d'être auprès
de vous l'interprète de ses espérances........ et
moi je lui ai promis de faire tous mes efforts pour
qu'il vous plaise de les changer bientôt en réalité.

Je crois vous avoir déjà dit, dans une de nos conversations intimes, que M. Duvergne, fils unique
d'une famille honorable, possède une fortune ter-
ritoriale en Dauphiné; mais que tous ses vœux seraient de rester à Paris quatre mois d'hiver, et de
passer le reste de l'année dans une terre qui ne
serait pas éloignée de la capitale. Il m'a dit aujour-
d'hui même, en recourant à ma médiation pour
plaider sa cause auprès de vous, que son vœu le
plus cher serait de demeurer avec vous à la campagne quand vous y iriez, et que bien loin d'enlever
une fille chérie à votre cœur de mère, son union
avec Joséphine vous donnerait un fils de plus, et
le fils le plus respectueux, le plus dévoué.

» Bien que les avantages matériels que présente M. Duvergne me semblent réels, je ne me serais pas mêlée d'une négociation aussi délicate, si les principes religieux qui ont été la base de son éducation n'avaient laissé dans son âme des traces profondes, qui se raviveraient encore, s'il avait sous les yeux les pieux exemples donnés par une épouse bien-aimée.

» C'est donc avec une entière sécurité d'âme que je vous parle en faveur d'un ami, qui vient de nous donner des preuves si grandes de la bonté de son cœur, que je ne saurais lui rendre tout ce qu'il a fait pour nous !

» Veuillez, madame, recevoir l'assurance d'une affection aussi sincère que dévouée.

» LA MARQUISE DE L. »

RÉPONSE DE MADAME VAUDRET A LA MARQUISE DE L.

Belmont, 12 octobre.

MADAME,

« La lettre que vous avez eu la bonté de m'écrire m'a vivement émue. Bien des fois, j'avais formé pour ma fille des rêves séduisants ; bien souvent, laissant errer mon imagination, je l'avais conduite à l'autel, resplendissante d'innocence, de parure et de beauté, et cependant, quand mes amies cherchaient à me faire des propositions directes d'établissement pour elle, je les rejetais, prétextant sa trop grande jeunesse ; mais au fond parce qu'il me semblait que je n'avais pas encore assez joui de ma bien-aimée Joséphine.

» J'étais parvenue ainsi à refroidir le zèle de mes connaissances, et à bannir de mon esprit l'importune idée de me séparer de ma chère enfant, quand votre aimable lettre est venue réveiller toutes mes craintes, et me faire sortir de ce calme plat

dans lequel je m'endormais, satisfaite du présent
et songeant peu à l'avenir.

» La certitude que vous me donnez de conserver
Joséphine auprès de moi est une des raisons qui
militent le plus en faveur de M. Duvergne.

» Surmontant mes émotions, je communiquai
votre lettre à Joséphine, lui faisant remarquer tous
les avantages d'une union qui, formée sous vos
auspices, présentait tant d'espérances de bonheur.
Cette considération, toute puissante sur l'esprit de
Joséphine, parut la déterminer, et elle consentit
à me laisser vous donner une réponse affirmative.

» Laissez-moi, chère madame, vous dire combien je suis sensible à tout l'intérêt que vous portez
à ma fille, et permettez-moi de vous offrir l'assurance des sentiments que vous savez si bien inspirer.

                    » LA BARONNE VAUDRET. »

JOSÉPHINE VAUDRET A LA MARQUISE DE L.

Belmont, 20 octobre.

« Voilà déjà deux jours que M. Duvergne père et son fils sont arrivés à Belmont, et cependant je n'ai pu trouver un instant pour vous écrire, chère amie, malgré tout le désir que j'éprouvais de vous ouvrir mon cœur...... ce cœur qui a tant de choses à vous dire ! ce cœur qui vous est si dévoué, et qui a en vous une si tendre confiance !..... Oh ! combien je souffre de ne pas être en ce moment auprès de vous...... Je ne saurais assez vous dire combien la pensée de me présenter à l'autel sans vous, que je regarde comme une seconde mère, me tourmente et m'attriste !

» Faut-il donc que toutes les joies de la vie soient troublées par des regrets ou de tristes souvenirs ?

» C'est dans quinze jours que notre bon pasteur

bénira les liens que je vais former avec M. Duvergne.

» J'ai demandé instamment à ma mère de me
laisser mettre le simple voile de mousseline blanche
que je portais le jour de ma première communion
et à la Fête du Rosaire. Elle me l'a permis,
et je le préfère mille fois à tous les plus beaux
points d'Angleterre et de Bruxelles...... Tant de
chastes pensées s'y rattachent...... Je le regarde
comme un souvenir sacré qui doit me porter bonheur...... Je ne puis concevoir que dans un moment aussi grave que celui qui enchaîne pour jamais sa liberté, qui décide de sa vie tout entière,
la fiancée chrétienne puisse s'abandonner à des
rêves de vanité, cherchant ainsi à s'étourdir sur
le grand acte qu'elle va accomplir, sur l'auguste
sacrement qu'elle va recevoir.

» Quant à moi, je vous avoue que j'ai supplié
M. Duvergne de ne pas suivre l'entraînement généreux, qui le portait à vouloir m'offrir une splen-
dide corbeille. Se rendant aimablement à mes
instances, M. Charles m'a laissé parfaitement libre
de suivre mon désir, et on m'a remis de sa part une
bourse élégante contenant une *multitude* de pièces
d'or que je n'ai point encore comptées, mais dont
je consacrerai une partie pour fonder à Belmont
l'ouvroir dont vous m'avez fait comprendre toute
l'utilité..... et puis, je vous prierai de vouloir bien

accepter, pour le soutien de votre intéressant *asile*, une légère offrande, afin que tous ces petits anges pensent à moi quand ils adresseront à Dieu, pour leurs bienfaiteurs, leurs innocentes prières.....

» La cloche du dîner m'avertit qu'il est temps de terminer ma lettre ; puissiez-vous, chère amie, quand vous la recevrez, être moins souffrante que vous ne l'étiez lors du départ de M. Charles.

» Adieu, adieu, priez pour moi et aimez-moi toujours.

» Pour la vie,

» JOSÉPHINE.»

« VOTRE dernière missive m'a rendue bien heureuse, mon enfant, puisqu'elle m'a donné la preuve que vous compreniez la gravité des nœuds que vous allez former.

» Profitez des jours de liberté qui vous restent encore pour vous y préparer, et pour réfléchir sérieusement sur la nature des obligations que vous êtes sur le point de contracter.

» Trop souvent, hélas! les jeunes filles n'aspirent après le mariage, qu'afin d'être délivrées de ce qu'elles appellent une sujétion pénible, une obéissance gênante.

» Sortir seules avec un cachemire et un chapeau à plumes flottantes, voilà pour elles une perspective riante; et si, de plus, elles sont destinées à tenir maison et grande maison, oh! alors c'est l'apogée du bonheur.

» Pauvres petites, que je les plains! quand elles posséderont tous ces brillants corollaires de l'existence, ils cesseront de leur plaire; alors, rentrant dans le positif de la vie, elles en sentiront tout le poids, et au milieu de tout ce qu'on est convenu d'appeler jouissance, bonheur parfait, elles éprouveront un malaise inexprimable, un vide affreux que le monde sera toujours impuissant à combler.

» Puisque vous ne partagez pas ces déplorables illusions, je peux vous adresser quelques avis puisés dans une expérience de plusieurs années, et inspirés par le vif désir que j'éprouve de vous voir heureuse, non au point de vue vulgaire, mais au point de vue chrétien.

» Le mariage, il faut bien le dire, est pour la femme surtout, une chaîne qu'il ne tient souvent qu'à elle de rendre pesante ou légère. Ne vous mariez donc pas afin d'être plus libre; car c'est au contraire de ce moment que vous êtes véritablement liée, que vous cessez de vous appartenir..... Les serments, que vous faites devant Dieu, ne sauraient être illusoires; hé bien! c'est en sa présence, c'est entre les mains de son ministre que vous promettez d'être fidèle et soumise à celui que vous prendrez pour époux.

» Songez donc combien vous seriez en dehors du devoir, si vous comptiez user d'une complète indépendance. Ma chère enfant, si vous ne voulez pas être déçue, attendez-vous à beaucoup de mécomptes; n'espérez pas une entière sympathie, une conformité parfaite de goûts et de manière de voir. Elle se rencontre rarement, et c'est parce que bien des jeunes cœurs placent en elle la félicité, qu'ils sont si souvent trompés et qu'ils se plaignent alors de n'être pas compris......

» Non, cette entente parfaite n'arrive ordinairement que par de mutuels sacrifices ; mais gardez-vous d'en exiger de la part de votre mari ; pensez plutôt que c'est de vous qu'ils doivent venir.

» Songez que vous allez recevoir du ciel la belle et douce mission de rendre heureux celui qui va devenir pour vous un compagnon de voyage. Soutenez-vous alors mutuellement, afin de rendre plus supportables les fatigues de la route ; et si Dieu dans sa bonté vous accorde des enfants, songez que vous devez les rendre dignes de devenir un jour les heureux citoyens de l'éternelle patrie.

» Commencez dès à présent à étudier le caractère de votre futur époux, non pour vous borner à la stérile découverte des défauts qu'il peut avoir, mais afin d'éviter de les heurter ; ce qui ne manquerait pas de produire un choc toujours inutile.

» Travaillez à devenir maîtresse de vous-même ; ce sera le seul moyen d'acquérir sur le caractère de Charles, naturellement un peu emporté, l'empire dont vous pourrez faire un si utile usage.

» Soyez décidée à faire abnégation de votre volonté dans toutes ces menues choses qui n'ont au fond aucune importance, et qui suffisent quel-

quefois pour amener de pénibles discussions entre
personnes qui tiennent opiniâtrément à leur avis.

» N'oubliez jamais que la paix du ménage est
un bien précieux ; qu'on ne doit reculer devant aucun sacrifice possible pour l'obtenir.

» Je dis possible, car je ne mets point de ce nombre tout ce que la loi de Dieu défend et que l'on
ne pourrait se permettre sans la violer.

» Efforcez-vous de prendre de l'influence sur
l'esprit de M. Duvergne, mais ne la lui faites jamais
sentir. Laissez-lui l'illusion d'avoir pensé le bien
dont vous lui avez donné l'idée ; ce sera pour lui un
stimulant qui l'excitera à faire de nouvelles démar-
ches ou de nouveaux projets qui auront un but utile.

» Ensuite, mon enfant, je ne dois pas vous laisser ignorer les difficultés inhérentes à votre position d'une jeune personne continuant, tout en
devenant épouse, à rester avec ses parents.

» Attendez-vous à beaucoup de petits combats
que vous aurez à soutenir tour-à-tour entre votre
mari et votre bonne mère ; celle-ci habituée à
influencer toutes vos déterminations, à posséder
seule votre confiance, sera parfois blessée de trouver
une autre volonté s'interposant entre la sienne et
la vôtre, et surprise de ne plus avoir à vous diriger
entièrement, de ne plus être seule à s'occuper de
vous, seule à remplir votre cœur, éprouvera cette
sorte de jalousie bien pardonnable à une mère, et

que vous ne sauriez parvenir à éteindre que par un
redoublement de tendresse et de délicates attentions.

» Quant à votre mari, il traitera peut-être cet
excès d'amour maternel d'empiètement sur ses
droits, d'impérieuse domination, d'esclavage même,
de tyrannie ; ne vous inquiétez pas trop de toutes
ces petites saillies ; n'y répondez pas surtout
par une *apologie* de la personne accusée ; mais,
après avoir invoqué la divine Reine de la paix,
efforcez-vous de détourner toutes ces préventions
par quelques projets en rapport avec les goûts de
votre époux, et qui lui prouveront qu'il a encore sa
liberté d'homme qu'il semblait croire si compro-
mise. En un mot, soyez *aimable* avec lui, mon
enfant ; ménagez certaines susceptibilités qui de
part et d'autre vous paraîtraient outrées, et ne les
combattez pas........ La lutte est un mauvais moyen
pour remporter une victoire solide ; il faut éviter
les blessures ; il y a de ces plaies sur lesquelles
vainement, après les avoir faites, on voudrait jeter
du baume ; elles ne se referment que bien difficilement.......

» Soyez toujours douce, affable, prévenante.
L'Écriture sainte dit qu'une femme querelleuse est
un toit qui dégoutte sans cesse ; ne tombez pas
dans un défaut qui troublerait et la paix de votre
âme et celle de votre intérieur.

» Soyez heureuse, mon enfant, heureuse par le

12

bonheur que vous répandrez sur tous ceux qui vous
entoureront ; croyez-moi, c'est là que se trouvent
les véritables jouissances, les seules qui ne passent
pas avec le temps, parce qu'elles partent de la
source divine qui ne tarit jamais !

» Je suis de plus en plus souffrante, ma chère
Joséphine. Ne pouvant, comme je vous l'ai dit,
supporter la même température qu'Emmanuel,
nous avons fait pratiquer une glace sans tain entre
nos deux chambres qui sont contigues : de cette
manière, si nous ne pouvons nous entendre, nous
pouvons du moins nous voir, prier en même temps.
Ce n'est pas être entièrement séparés que de se
retrouver dans le sein de Dieu : n'est-il pas le centre
de toutes les pures affections ?

» Adieu, mon enfant d'adoption, à Dieu !......
je m'occupe de vous, chaque jour en rédigeant
quelques notes qui m'avaient été confiées par une
bonne religieuse du couvent où j'ai été élevée.

» J'ai la douce confiance que ce petit travail
pourra un jour vous être utile. Cette pensée m'a
donné du courage, et je l'ai déjà presqu'entièrement
terminé. Quand vous le recevrez, ce sera le signe
certain que votre amie aura dit l'adieu suprême à
toutes choses d'ici-bas. Oh ! alors, de grâce, une
prière pour son âme, afin qu'elle soit bientôt réunie
à son Dieu et à l'ange qui l'a précédée au séjour de
l'éternel bonheur !......

» Je compte assez sur l'amitié de Charles Duvergne, pour ne pas douter qu'il saura prodiguer
à son pauvre ami toutes les consolations et les soins
qui lui seront si nécessaires.

» J'ai comme un pressentiment céleste que ma
mort lui rendra la vie. Qu'il aille, je l'en conjure à
genoux, qu'il aille en Italie : là, il trouvera le repos
de l'âme et du corps.

» Oh ! si le Seigneur daigne m'admettre dans les
divins parvis, comme je vais le prier pour lui!...
pour vous, chère Joséphine, pour votre bonne
mère, afin qu'il lui soit donné de goûter les douceurs de la piété.

» Adieu...... ou plutôt j'aime à dire, comme à
notre première séparation, mais cette fois bien
haut, au revoir, mon enfant, au revoir dans les
Cieux !

AMÉLIE. »

CHAPITRE XIII.

Mort de la marquise de L.

Les feuilles des chênes altiers dont le château de Belmont est environné, et qui semblaient le ceindre au front d'une couronne d'émeraudes, alors que le printemps a revêtu la nature de sa robe verdoyante, commençaient à se dépouiller de leurs feuilles jaunissantes, et annonçaient l'approche de la saison rigoureuse, quand M. Duvergne et son épouse, se promenant dans une des grandes allées conduisant au village où les attirait le désir de soulager quelque misère, d'apaiser quelque querelle naissante, ou même d'aller voir l'excellent prêtre qui leur avait donné peu de jours auparavant la bénédiction nuptiale, virent arriver à bride abattue un courrier qui remit à Charles un paquet cacheté aux armes de la marquise de L. avec cette suscription : *à madame Joséphine Duvergne.*

Celle-ci pâlit en le recevant des mains de son mari, et lui dit d'une voix entrecoupée de sanglots : « Partez, partez, mon ami, allez adoucir

par votre présence la cruelle douleur du marquis
de L.; son angélique épouse nous a quittés pour
jamais; vous remplirez un de ses vœux les plus
chers, en n'abandonnant pas en cette heure suprême votre malheureux ami. »

Charles ne comprenait pas comment Joséphine
pouvait, avant d'avoir ouvert le paquet qu'il venait
de lui remettre, parler avec tant de certitude d'un
événement qu'il ne prévoyait que trop, mais dont
il aimait à éloigner le terme.

Sa femme, devinant ce qui se passait dans son
esprit, lui remit la dernière lettre qu'elle avait
reçue de la marquise de L.

Après l'avoir lue, il s'approcha du courrier qui
lui dit que Melle Charlotte lui avait remis à six heures
du matin ce paquet, avec ordre de le porter à franc
étrier au château de Belmont; il ajouta qu'elle
pleurait beaucoup et qu'il lui avait entendu dire :
« C'est une sainte de plus au Paradis; mais quel
réveil! quel réveil pour M. le marquis ! »

Charles, après l'avoir chargé de lui envoyer aussitôt des chevaux de poste, lui donna une généreuse
gratification et alla sur-le-champ s'occuper des
préparatifs nécessaires pour son départ, qui eut lieu
environ une heure après.

Joséphine aurait bien désiré suivre son mari;
mais celui-ci lui ayant fait observer qu'il était plus
convenable qu'elle restât avec sa mère, assez souf-

frante depuis quelques jours, elle n'osa pas insister et chercha à calmer l'espèce d'irritation que lui causait cette première opposition de son mari à ses désirs, en songeant qu'Amélie, du haut des cieux, approuverait sa soumission et l'abandon de sa propre volonté, qui se rattachait aux plus tendres sentiments de son âme.

Charles était à peine monté en voiture, que Joséphine se retira dans cette chambre qui désormais devait porter le nom d'Amélie, pour y pleurer sans témoins cette femme angélique, qui avait disparu de ce monde avec la dernière brise d'automne.

Après avoir donné un libre cours à ses larmes, elle ouvrit le précieux paquet qui avait été fait par les mains de son amie; elle baisa avec transport la petite croix d'or, en forme de reliquaire, dont la marquise s'était privée pour elle en ses derniers moments; puis elle parcourut un manuscrit couvert d'un papier bleu (couleur qu'affectionnait Amélie) et qui était tout entier tracé de sa main. La dernière page était d'une écriture tremblante, et les derniers mots que voici étaient à peine lisibles......

« Je vais aller à mon Dieu...... mais aupara-
» vant il daigne venir à moi...... Oh! qu'il est
» doux de recevoir dans son âme Celui qui doit
nous juger! »

5 Novembre, samedi 4 heure du matin.

O incomparable amie! tu as songé à moi si indigne d'occuper tes pensées, s'écria Joséphine; obtiens-moi de ce Dieu que tu as servi avec tant de fidélité et d'amour de marcher sur tes traces en cette vallée de larmes, afin d'être un jour admise à partager avec toi la félicité des cieux!

Après cette fervente invocation, la jeune femme s'assit et commença la lecture du *Manuscrit Bleu*, que sa pieuse amie avait rédigé dans le but de lui faire sentir la nécessité d'inspirer à ses enfants un filial abandon de cœur envers leur mère. Faute de cette confiance, on voit nombre de jeunes gens et même de jeunes filles préférer imprudemment les conseils d'un ami plus ou moins fidèle, souvent même d'un étranger, à ceux des auteurs de leurs jours. Malheur bien grand et que de sages parents doivent s'efforcer de prévenir en accoutumant de bonne heure leurs enfants à trouver en eux indulgence, justice, bonté, amour!

LE MANUSCRIT BLEU.

LE MANUSCRIT BLEU.

Rédigé par la Marquise de L.

« Ma chère Amélie, me dit un jour l'excellente religieuse commise à la garde des pensionnaires dans le couvent de X..... où, d'après le dernier vœu de ma mère, j'avais été élevée, madame la supérieure m'a chargée de vous préparer à une bien douloureuse nouvelle pour moi, pour vos compagnes, pour vous peut-être, ajouta-t-elle en me prenant la main avec affection...... Vous aurez demain dix-huit ans ; madame la comtesse de Bour-sabiec, votre tante, désire que vous reveniez au= près d'elle ; vous partirez dans deux jours pour la Bretagne, mon enfant ; mais quand vous serez arrivée dans votre manoir, n'oubliez pas le pieux asile où vous avez goûté tant de bonheur, où vous avez passé des jours si heureux, si exempts des peines, des ennuis, qui vont peut-être vous assaillir dans le nouveau genre de vie qui va devenir le vôtre ; n'oubliez pas surtout celle qui a veillé sur vous avec l'amour d'une mère......

» Amélie, ajouta la mère Thérèse, en voyant couler mes larmes, ne pleurez pas ainsi...... vous me faites trop de peine...... chère enfant, élevez votre âme vers Celui dont aucune distance ne saurait séparer, et dans le sein duquel nous pourrons nous retrouver, prier ensemble......

» — Oh ! ma mère, répondis-je, ce qui bouleverse mon âme, c'est non-seulement la pensée de me séparer de tout ce que j'ai connu, de tout ce que j'ai aimé...... mais c'est encore l'effroi que j'éprouve de me trouver aux prises avec un monde auquel je suis complètement étrangère, et dont je ne saurais deviner, ni prévoir la malice, les ruses.

» — Sans doute, reprit la bonne religieuse, vous avez raison de redouter ce cruel ennemi du salut, ce *voleur de nuit*, qui rôde toujours autour de nous pour nous enlever la grâce du Seigneur..... (trésor précieux que nous portons dans des vases bien fragiles) !.... mais il me semble que vous allez échanger solitude pour solitude, et que dans le château de votre respectable tante, vous pourrez également vous livrer aux charmes de la prière et de l'étude.....

» — Oh ! ma mère , ignorez-vous donc les projets de ma tante ?...... A peine serai-je arrivée
qu'elle songera à me donner un époux...... que ne
m'est-il permis de rester ici et de me consacrer
au Seigneur , d'y finir mes jours , ignorée de tous
et connue de lui seul !

» — Mon enfant , le bon Dieu , dans son immense miséricorde , nous a ouvert plusieurs voies
pour nous conduire à lui ; pourvu que nous ne
nous détournions pas de celle qu'il nous a tracée ,
pour aller dans les sentiers du pécheur , nous pouvons y marcher avec confiance ; ce n'est-pas lui
qui refusera de nous secourir , quand nous l'invo-
querons avec amour......

» — Je le sais , le Seigneur est le plus tendre
des pères , mais plus il est bon , plus je redoute
de ne pas lui être fidèle...... j'espère tout de lui ,
mais je crains tout de moi.

» — Ces humbles sentiments ne peuvent que
lui être agréables , et pour seconder , ma chère
fille , le sincère désir que vous avez de le servir
dans toutes les positions où il plaira à sa Providence de vous placer , je vais chercher à aider
votre inexpérience , en vous racontant l'histoire de
ma vie qui a été traversée de bien des peines......
et qui pourra vous servir peut-être à vous faire
éviter les travers dans lesquels je ne serais pas
tombée , si j'avais eu une dévotion plus éclairée.

Rendre la piété irréprochable en nous, voilà ce à quoi nous devons tous tendre, surtout quand nous sommes appelés à vivre au milieu d'un monde qui est toujours empressé de rejeter sur notre sainte religion les fautes de ceux qui la pratiquent ! »

La Mère Thérèse me conduisit alors à sa petite cellule, et tirant d'un coffre de chêne quelques feuilles d'un vieux parchemin sur lequel elle avait tracé l'abrégé de sa vie, elle me les remit.

Comme ces fragments étaient assez incomplets, elle suppléa à leur insuffisance par le récit vivant, animé, circonstancié, de toutes les phases de son existence ; mais elle ne le commença qu'après avoir imploré la lumière de l'Esprit de toute vérité, et l'avoir conjuré de lui inspirer des paroles capables de toucher mon cœur et de les graver dans ma mémoire. Sa prière a été exaucée, et aujourd'hui que ce moment est si éloigné de moi, je puis, à l'aide des notes qu'elle m'a données, vous transcrire fidèlement une vie qui a été si pleine devant Dieu, et qu'il a couronnée, comme je l'ai dernièrement appris, de la plus sainte mort.

CHAPITRE PREMIER.

MONSIEUR et madame Gonzalès, tous deux d'origine espagnole, vivaient paisiblement dans une petite terre, située dans les environs de Pau, et dont le faible produit suffisait à leur existence; deux filles jumelles formaient toute leur famille, et sur elles se concentraient toutes leurs affections, toutes leurs espérances.

Elles avaient déjà atteint l'âge de quatorze ans, quand leur mère se décida à les conduire dans la capitale du Béarn, pour leur faire faire leur première communion. Elles accomplirent ce grand acte de notre sainte religion avec tous les sentiments d'une foi vive et d'une tendre piété; mais les instructions religieuses qui le précédèrent furent malheureusement bornées au temps rigoureusement nécessaire pour se préparer à la réception de l'adorable Eucharistie; et à dater de ce moment, elles en furent presque entièrement privées.

Calixte, l'aînée des deux demoiselles Gonzalès, avait un esprit vif et pénétrant; ses impressions étaient très-fortes, mais elles passaient rapidement et ne laissaient en elle aucune trace; sa gaieté amusait sa mère, et ses brillantes saillies sur les bons voisins, parfois un peu grotesques à la vérité, qui venaient les visiter, étaient répétées avec un orgueil secret par ses parents, qui les encourageaient imprudemment de leur approbation, au lieu de s'efforcer de les réprimer.

Thérèse, la cadette, était d'un caractère tout différent de celui de sa sœur : froide en apparence, elle concentrait tout ce qu'elle éprouvait; capable du plus grand dévouement, elle savait à peine exprimer sa gratitude pour une récompense accordée, un présent reçu, un encouragement flatteur !

Sa mère, qui avait du sang espagnol dans les veines, s'irritait de ce que, dans le peu de connaissance qu'elle avait de l'âme de Thérèse, elle appelait indifférence, désolante insouciance, insensibilité...... Au lieu de chercher à lui inspirer de la confiance, en lui en témoignant elle-même, elle lui adressait de continuelles doléances sur sa froideur, qui faisait ressortir encore la pétulance et les aimables prévenances de Calixte...... Aussi Thérèse éprouvait-elle vis-à-vis de ses parents (son père était imbu des préventions de Mme Gonzalès)

une gêne, une contrainte qui lui faisaient recher-
cher la solitude avec le même empressement que
tant d'autres jeunes filles mettent à la fuir.

Elle s'était construit avec des branchages, dans
un bois rapproché de leur résidence, une espèce
d'ermitage, où elle passait toutes les heures qu'elle
avait de libres......

Thérèse ne s'arrachait qu'avec peine de ce lieu
solitaire, qu'elle s'était plu à orner de quelques
pieuses images, et qu'elle avait consacré dans son
cœur à la sainte Vierge, pour laquelle elle ressentait une dévotion toute particulière.

Malheureusement ces jouissances si pures ne
furent pas de longue durée.

Un jour que M. et Mme Gonzalès étaient allés
faire sans Calixte une visite de voisinage, celle-ci
mécontente et ennuyée de se trouver seule, se mit à
suivre sa sœur, sans qu'elle s'en aperçût. A la vue de
l'antre de feuillage qu'elle avait élevé, elle se mit à
rire à gorge déployée, et à la féliciter de son *esprit
inventif* et de ses goûts pour la vie de *cénobite*.

« Sans doute, ma sœur, tu auras trouvé dans
les Pères du désert le modèle de cette verdoyante
cellule...... Ah! je ne m'étonne plus à présent
de ton empressement à nous quitter, à t'échapper
de table avant la fin du repas......

» — Je t'en conjure, Calixte, reprit Thérèse,
ne parle pas de ta découverte à ma mère.

» — Mais pourquoi donc? elle sera ravie de
juger par elle-même des charmes qu'offre ta ravis-
sante retraite...... et à son retour je...... »

En ce moment, la voix de la malicieuse jeune
fille fut couverte par un bruit de pas inaccoutumé
dans ce lieu naguère encore si solitaire, et M. et
Mme Gonzalès parurent au seuil de l'ermitage.

N'ayant pas rencontré leurs amis, ils étaient
revenus promptement à leur castel; et, fort étonnés
de le trouver désert, s'étaient mis à la recherche
des fugitives. En découvrant les signes manifestes
de la piété de Thérèse, attachés aux parois de sa
cellule champêtre, M. Gonzalès s'emporta violem-
ment contre le *bigotisme* de son enfant, et d'une
main, dont la colère doublait la force, il ébranla
le fragile édifice : les débris tombèrent à ses pieds
et servirent de trophée à sa facile victoire.

La pauvre Thérèse ne put retenir ses larmes,
et balbutia quelques excuses; mais sa mère l'interrompit et l'accabla de reproches sur sa *sauvagerie*,
sur sa dévotion mal entendue; et bien qu'il y eût
dans ce qu'elle lui dit un fond de vérité, elle y
mêla tant d'exagération qu'elle perdit, (ce qui ne
pouvait manquer d'arriver), tout le fruit de ses
remontrances, qui ne cessèrent qu'au moment où
on vint annoncer que le dîner était servi.

Calixte, qui avait bon cœur, essaya de détourner
la conversation par ses saillies habituelles, et bien-

tôt elle eut la satisfaction de voir que ses parents
oubliaient l'épisode de la forêt.

Quant à Thérèse, elle était comme pétrifiée, et
malgré les injonctions de sa mère, ne pouvait goûter
aux mets qui lui étaient tour-à-tour envoyés par
elle.

Le repas fini, n'osant plus quitter le salon, elle
prit tristement son ouvrage, et quand le moment
de se retirer fut venu, elle s'approcha avec embarras
de sa mère dont les lèvres effleurèrent à peine son
front, tandis qu'elle embrassa Calixte avec tous
les témoignages de la plus vive tendresse........

Dès que Thérèse se trouva seule, elle se jeta au
pied de son crucifix et offrit au Seigneur ce qu'elle
qualifiait d'*injustes persécutions*........

Mieux éclairée, elle aurait compris que son
amour pour la retraite, étant poussé à l'extrême,
la rendait peu aimable pour ses parents et sa sœur,
et qu'il valait mieux se prêter de bonne grâce à
leurs désirs, que d'avoir l'air d'accomplir un sacrifice en y cédant forcément.

D'un autre côté, si Mme Gonzalès, au lieu de priver
sa fille comme elle l'avait fait, malgré les instances
de celle-ci, des conseils du sage pasteur qui lui
avait fait faire sa première Communion, l'avait
mise à même de les recevoir plus souvent, elle
l'aurait par là non-seulement préservée des exa-
gérations, dans lesquelles tombent souvent les âmes

ardentes, quand elles sont livrées à elles-mêmes,
n'ayant d'autres guides que leurs propres inspi-
rations ; mais elle aurait aussi disposé le cœur de
sa fille à la confiance par cette preuve évidente
d'une pieuse sollicitude.

Je n'ai pas besoin de dire que le lendemain
la mère et la fille échangèrent peu de paroles, et
que celle-ci, repassant toujours dans son esprit
la *dévastation de la veille*, finit presque par se
considérer comme l'innocente victime d'une injuste
spoliation........

Cependant, au bout de quelques jours, elle ne
pensa plus à son ermitage, et retrouva peu à peu
quelque gaieté !

Par malheur, M. et Mme Gonzalès, persuadés que
tout ce que faisait leur fille était le résultat d'une
ridicule dévotion, la tourmentaient, peut-être dans
une bonne intention, sur les choses les plus indif-
férentes.

Refusait-elle d'un plat, c'était par macération ;
paraissait-elle au salon moins parée que Calixte,
c'était par mortification ; avait-elle la migraine un
jour de grand dîner au dehors, c'était un prétexte
qui couvrait son désir de rester seule pour prier....
enfin elle ne pouvait dire une parole, faire un
mouvement sans qu'ils fussent mal interprétés.

A force de lui supposer des intentions qu'elle
n'avait pas eues le plus souvent, on lui donna

l'idée de *mériter* les reproches qu'on lui faisait, et ce qui, dans le principe, n'était qu'une supposition, finit par devenir une réalité. La contrainte qu'éprouvait Thérèse altéra si visiblement sa santé, que sa mère s'en alarma et fit venir un médecin qui, assez peu expérimenté sur ce que l'on nomme les maladies *de l'âme*, déclara qu'une croissance trop rapide était la seule cause du dépérissement et de la faiblesse de Melle Gonzalès, que quelques promenades à cheval, pendant l'été, lui paraissaient nécessaires pour la fortifier, et quelques bals, ajouta-t-il en riant, très-bons pour distraire *ces demoiselles pendant l'hiver.*

Calixte, qui se trouvait comprise dans cette ordonnance, se promit bien d'en faire ressortir *l'urgence* quand le moment en serait venu. M. Gonzalès ne tarda pas à se procurer un petit cheval dont les douces allures ne pourraient fatiguer sa fille ; après lui avoir donné quelques notions préliminaires sur l'équitation, il lui permit de commencer ses promenades, et quand il se fut suffisamment assuré par lui-même *qu'elle était devenue une habile amazone*, il se contenta de la faire accompagner par une bonne femme, hissée sur un mulet des Pyrénées.

Thérèse éprouva un véritable soulagement de ces courses quotidiennes, qui lui donnaient quelques heures de liberté ; mais comme une pensée unique l'occupait, se donner à Dieu sans partage, elle songea au moyen de les faire tourner au profit de son âme, et ayant complètement réussi à convaincre Jeanneton de la seconder dans ses pieux desseins, chaque jour elle se dirigeait vers une petite chapelle consacrée à Marie, et connue sous le nom de *Notre-Dame des ruines.*

La faux du prostestantisme, dès le seizième siècle, en avait abattu les croix, déchiré les images pieuses, détruit les *ex-voto* suspendus à la voûte, et les athées mirent en 93 le sceau à ces dévastations.

Aussi voyait-on des graminées pousser entre les pierres disjointes de l'escalier qui conduisait au sanctuaire aérien de Marie. Thérèse se plaisait à s'agenouiller aux pieds de la statue demi-brisée de la Vierge, et parfois se prenait à pleurer de ne pouvoir donner à sa bonne Mère d'autres témoignages de son amour pour elle.

Puis, quand le moment si triste de l'adieu était venu, elle redescendait lentement les marches que peu d'instants avant elle avait gravies avec la légèreté d'un oiseau; jetant un dernier regard sur la chapelle, elle remontait sur son agile coursier, et excitait de la cravache et de la voix la mule de Jeanneton. Elle recouvrait par la rapidité de la course le temps qu'elle avait passé à prier; elle consacrait le reste du jour à l'étude, puis, le soir, elle faisait la partie de son vieux père, qui commençait à se fatiguer de la pétulance de Calixte et à découvrir les qualités solides de Thérèse.

Ce genre de vie, si conforme à ses goûts, remit entièrement sa santé; mais, à l'approche de l'hiver, *sa sœur* fit valoir auprès de sa mère la nécessité de *compléter* cette guérison, en suivant à la lettre les prescriptions du bon docteur.

Il fut donc convenu entre elles deux que l'on s'efforcerait de décider M. Gonzalès à se rendre à Pau avec toute sa famille pour y passer la saison rigoureuse, et procurer à ses filles les distractions du monde.

Vainement Thérèse s'efforça-t-elle de prouver que les soirées et les bals seraient entièrement contraires à sa santé; vainement conjura-t-elle son père de n'apporter aucun changement à un mode d'existence si conforme à leur position de fortune; rien ne put détruire l'effet des sollicitations, des obsessions incessantes de sa mère et de Calixte qui arrachèrent enfin du faible M. Gonzalès la promesse d'aller s'établir à Pau pour l'hiver.

Thérèse se consola de cette détermination qui lui préparait tant de contrariétés, en pensant qu'elle trouverait dans l'ancienne capitale du Béarn une vieille église où elle pourrait, à l'ombre de ses piliers, se dérober aux regards curieux et satisfaire ce besoin de prier qui dévorait son cœur.

C'est ainsi que l'espérance, ce sourire des cieux, a été donné à l'exilé de la terre pour en supporter avec courage toutes les misères, toutes les souffrances, en adoucir toutes les douleurs.

Pau est une ville ancienne, bien bâtie, située sur une éminence surmontée elle-même par un vaste plateau, et à jamais illustrée par la naissance de Henri IV.

Le château où ce bon roi reçut le jour, domine d'une hauteur considérable l'immense vallon et les côteaux qui séparent la ville des Pyrénées ; on y jouit d'une vue magnifique sur cette imposante chaîne de montagnes presque toujours couvertes de neiges, sur le cours pittoresque et vagabond du gave [1] qui coule au pied de la ville et du château, qui est antérieur à la fondation de Pau.

Louis XIII y créa un parlement en 1620, et Louis XIV une académie et une université. Le château est sous tous les rapports un des plus beaux ornements de cette ville, séjour délicieux, plus encore par l'urbanité de ses habitants, que par la beauté du pays et la douceur du climat.

La famille Gonzalès en fit la plus heureuse expérience ; admise dans la meilleure société de

---

[1] Gave est le nom générique que l'on donne aux cours d'eau de ce pays, et auquel on ajoute pour les distinguer entr'eux celui des villes qu'ils traversent. Ainsi on dit : Gave de Pau, gave d'Orthez, gave de Bayonne, etc.

Pau, elle y reçut le plus favorable accueil, et bientôt des invitations de tout genre vinrent seconder les désirs et les vues de Calixte et de sa mère.

CHAPITRE II.

MADAME Gonzalès, désirant que ses filles fissent leur entrée dans le monde avec le plus d'avantages possibles, passa plusieurs journées à visiter les magasins les plus famés de la ville, et força Thérèse à l'accompagner dans ses courses, malgré le désir qu'elle lui avait témoigné de ne se mêler en rien de ce qui regardait sa toilette, préférant s'en rapporter entièrement à son goût et à celui de sa sœur.

Après avoir fait nombre d'emplettes, on tint un grand conseil de famille afin de décider quelles seraient les formes des robes, la pose des guirlandes : la pauvre Thérèse était au supplice ; l'idée de se revêtir de toutes ces futilités lui causait une peine infinie, et elle demandait à Dieu dans le secret de son cœur de lui envoyer plutôt quelque maladie, quelque accident, que de permettre qu'elle parût couverte de toutes ces vaines parures.

Cette prière était imprudente sans doute, car ce
n'est pas à nous d'indiquer à Dieu les moyens dont
il doit se servir pour accomplir ses desseins sur
nous, mais elle sortait d'une âme si pure que le
Seigneur daigna l'exaucer, et qu'au moment où
Thérèse, couronnée de roses, touchait au seuil de
l'hôtel du comte d'Aston, qui donnait ce soir-là
un grand bal, son pied glissa sur le pavé, et elle
ressentit une si violente douleur qu'elle poussa
un cri aigu et s'évanouit entre les bras de sa
mère.

Il y eut aussitôt une grande rumeur à l'hôtel,
la danse fut interrompue; le comte, averti de cet
accident, descendit sur-le-champ et conjura Mme
Gonzalès de faire transporter sa fille dans une salle
basse de l'hôtel, où le docteur Boursac, son ami,
lui donnerait les soins qu'exigeait sa position.

Cette cordiale proposition fut acceptée, et quand
Thérèse rouvrit les yeux, elle se vit entourée de
toutes les attentions les plus délicates de la part
de la comtesse, qui s'était hâtée de venir auprès
d'elle.

Le docteur, après avoir examiné la nature de
son mal, déclara que Melle Gonzalès n'avait qu'un
nerf foulé au pied droit, et qu'avec quelques fric-
tions et un repos absolu pendant une couple de
jours, elle ne se sentirait plus de rien.

La comtesse, après avoir mis sa voiture à la

disposition de la famille Gonzalès, se hâta de monter au salon où son absence avait laissé un grand vide.

Quand Thérèse fut de retour chez sa mère, et qu'il fut bien avisé que son accident n'aurait point de suites graves, elle eut à essuyer toutes les saillies boudeuses de Calixte, qui se voyait forcée de renoncer à une fête dont elle s'occupait depuis longtemps, et où elle se promettait beaucoup de succès et de plaisirs. « En vérité, lui dit-elle, tu es bien malencontreuse, ma chère amie ; pour la première fois que nous allons au bal, il faut que tu te rompes le pied en chemin ; aussi maman, ajouta-t-elle avec humeur, pourquoi ne pas avoir pris une voiture pour nous y conduire ? cela ne serait pas arrivé........

» — Mais, mon enfant, répondit Mme Gonzalès, vous savez que nos moyens sont bornés et que si nous voulons répondre aux nombreuses invitations qui nous ont été faites, il faut......

» — Bah, interrompit brusquement Calixte, ce sont des économies fort mal placées, et quand il est question de s'amuser, il ne faut pas y regarder de si près.

» — En vérité, ma fille, je ne vous reconnais pas ; il me semble que tous les sacrifices que je me suis déjà imposés pour vous, mériteraient une autre récompense. »

« En ce moment, Mme Gonzalès aperçut de grosses larmes qui s'échappaient des yeux de Thérèse, et s'approchant d'elle, elle l'embrassa avec une affection inaccoutumée.

« Ma mère, ma mère, lui dit celle-ci en l'attirant près d'elle, pardonnez-*lui*, son cœur réprouve, j'en suis sûre, les paroles qui sortent de sa bouche......

» — Quelle bonne fille, pensa Mme Gonzalès ! En vérité, par moments je me demande si je ne la juge pas souvent avec trop de rigueur. »

Puis elle l'aida à se mettre au lit, et cette mère trop faible ne quitta Calixte qu'après lui avoir promis de la dédommager bientôt des ennuis qu'elle venait d'éprouver.

En moins d'une semaine, Thérèse fut entièrement rétablie, et il fut de nouveau convenu que Mme Gonzalès et ses filles iraient à une seconde soirée dansante où se trouverait réunie l'élite de la société ; cette fois une voiture vint les chercher, et à la grande joie de Calixte, aucun encombre ne traversa ses désirs...... elle fut priée pour toutes les contre-danses, et malgré les instances de sa sœur, résolut, suivant une expression vulgaire, d'*enterrer* le bal, en y restant jusqu'à la fin.

Thérèse éprouvait un mortel embarras ; ses genoux tremblants pouvaient à peine la soutenir, et sa mère, au lieu de lui donner un peu de courage

par de bienveillantes paroles, lui adressait tout
bas de continuels reproches sur son maintien
guindé, sur son air malheureux, ennuyé......

« O mon Dieu, se disait cette intéressante jeune
fille, venez à mon aide ; vous savez que l'obéissance
seule m'a amenée et me retient au milieu de cette
foule dont la joie me fait tant de mal...... quand
donc pourrai-je le fuir, ce monde?....» Une invitation la faisait sortir de ses sérieuses réflexions
et devenait une nouvelle source de réprimandes
de la part de sa mère, qui trouvait qu'elle n'y avait
pas répondu avec assez d'aménité et de grâces.

Enfin, à cinq heures du matin, son martyre
cessa ; Calixte, échevelée, haletante, les gants
déchirés, les volants de sa jolie robe de crêpe en
lambeaux, consentit *enfin* à revenir ; il est vrai
que les musiciens épuisés venaient de déposer
leurs instruments, et que danseurs et danseuses
se hâtaient de rejoindre leurs voitures.

Rien n'est plus capable de désillusionner sur ce
qu'on appelle les plaisirs du monde, que cette
espèce de fugue, de débandade qu'on nomme la
fin d'un bal.

A peine quelques heures se sont-elles écoulées
depuis le moment où toutes ces jeunes femmes
ont apparu éclatantes de parure ; et une transformation complète s'est opérée en elles ; la fatigue
est imprimée sur leur visage ; leur toilette si

fraîche, si élégante est fanée ; les fleurs qui couronnaient leur tête s'en échappent, et sur leur physionomie animée par une sorte de commotion nerveuse, il est facile de lire cet axiome qui analyse en deux mots les fêtes mondaines..... *assez et encore* : et voilà pourquoi ces plaisirs vaniteux ont un si grand danger, c'est qu'alors même que vous en sentez le vide, que vous en éprouvez le néant, ils renferment un aimant qui vous attire, vous entraîne, et vous enlevant à vous-même, pour ainsi dire, vous ôte la faculté de la résistance, et vous jette comme malgré vous dans un tourbillon dont vous ne pouvez plus sortir.

Bien que le déjeûner eût été retardé d'une heure, Calixte y parut les yeux *gros* de sommeil, la chevelure en désordre, et encore toute étourdie de ses joies de la veille, ou pour mieux dire du matin même ; Thérèse, au contraire, quoiqu'elle n'eût pris que peu d'instants de repos, n'ayant pas voulu dérober à la prière le temps qu'elle s'était fait la louable habitude d'y consacrer, n'avait sur son visage aucune trace de fatigue ; le calme intérieur qu'elle éprouvait se reflétait sur ses traits nobles et réguliers, et leur imprimait un caractère d'ineffable douceur.

M. Gonzalès en fut frappé, et après s'être plaint du dérangement de l'heure de son premier repas, auquel il tenait beaucoup, il fit remarquer à sa femme le contraste du maintien et de l'air de leurs deux filles.

Celle-ci, intérieurement peinée que la comparaison ne fût pas à l'avantage de Calixte, s'efforça de lui redonner l'entrain qui lui était habituel, en lui parlant du bal et des différentes personnes qui le composaient ; alors la malicieuse jeune fille se mit à les passer en revue, et quelques réflexions mordantes ne manquèrent pas d'accompagner les portraits qu'elle en fit à son père.

Le bon M. Gonzalès n'ayant pas vu les originaux, trouvait assez peu de charmes à ces réflexions à demi-mots, à ces rires un peu forcés, dont il cherchait vainement à se rendre compte, et s'adressant à Thérèse : « Et toi, mon enfant, tu ne me diras donc rien de tes souvenirs ?...... » Celle-ci rougit, et assura qu'elle n'avait rien à ajouter aux récits brillants de sa sœur......

« Mais je tiendrais à connaître le fond de ta pensée sur ces bruyants plaisirs qui ont charmé Calixte.

» — Puisque vous y tenez, mon père, je vous avouerai que je les compare à une fièvre ardente qui laisse dans tous les membres, alors même qu'elle est passée, un grand affaissement, une courbature générale......

» — Vraiment, mon ami, reprit aussitôt Mme Gonzalès, vous êtes unique de favoriser par vos

questions le penchant ridicule qui porte mademoiselle à imprimer le sceau de sa dogmatique
réprobation à tout ce qui amuse les autres.

» — Mais, ma bonne mère, dit Thérèse avec
une extrême douceur, je ne condamne personne,
je rends seulement compte de mes impressions.....
que voulez-vous, je n'aime pas le monde, je ne
l'aimerai jamais.

» — Oh! je sais fort bien, mademoiselle, que vous
avez des idées très-arrêtées, que l'autorité d'une
mère est impuissante à ployer........ tout ce que
je puis vous assurer, c'est que vous êtes remplie
d'orgueil, et bien que mes conseils aient peu
d'accès auprès d'une personne aussi *raisonnable*
que vous, je vous dirai que vous feriez mieux
d'aller gaîment au bal comme votre sœur et d'avoir
du reste plus d'humilité........ — En quoi en ai-je
manqué; se demandait Thérèse en scrutant le fond
de son cœur? Hélas! se dit-elle, je le sais bien,
je gâte sans cesse la plus belle des causes, par
une franchise blessante, outrée........ Pardonnez-
moi, Seigneur, mes fautes continuelles, placez
sur mes lèvres les paroles qui pourraient toucher
le cœur de ma mère, l'attendrir et l'éclairer sur
mes véritables sentiments pour elle. »

Je n'essaierai pas de retracer toutes les scènes
analogues à celle que je viens de décrire, et qui
se renouvelèrent chaque fois qu'il y eut soirée,

15

bal ou concert; ce serait chose trop pénible; seulement, j'ajouterai que le cœur de Thérèse finit par
en être si profondément blessé, qu'une indicible
mélancolie s'empara d'elle et qu'elle répandait,
quand elle était seule, des larmes si abondantes
que ses yeux finirent par en souffrir; son père,
qui l'aimait tendrement, s'en étant enfin aperçu,
en fit de vifs reproches à sa femme. Celle-ci ne
lui répondit qu'en articulant tous les griefs qu'elle
avait contre sa fille, et dont quelques-uns por-
taient une certaine apparence de réalité; mais
M. Gonzalès prit constamment le parti de son enfant, et il s'en suivit une scène si forte que Thérèse accourut au bruit. Pressentant qu'elle en
était la cause, elle entra dans la chambre où
étaient ses parents, et se jetant à leurs genoux, les
conjura de lui pardonner toutes les peines qu'elle
leur causait, et parvint, à force de prières et de
larmes, à calmer l'orage qui grondait peu d'instants auparavant sur sa tête, avec une si grande
violence.

Thérèse crut l'instant propice pour ouvrir son
cœur à sa mère et obtenir d'elle la permission de
tenir compagnie à son père, qui ne sortait jamais,
quand elle conduisait Calixte au bal.

Mais Mme Gonzalès lui dit que ce serait jeter
un tort sur sa sœur que de ne pas l'y accompagner, et qu'il fallait avoir les goûts de son âge

et non ceux d'une *vieille femme* ou d'une *carmé-*
lite........ « Mais au moins, chère mère, reprit
Thérèse, laissez-moi la liberté d'aller chaque matin à l'église ; je vous promets de n'y rester que
le temps que vous m'aurez prescrit et de faire
ensuite tout ce qui pourra vous être agréable.

» — Il n'appartient pas à une fille de dicter
des conditions à sa mère ; les vôtres d'ailleurs
sont inacceptables ; contentez-vous de remplir vos
devoirs de chrétienne comme je les remplis moi-
même ; abandonnez aux dévotes de profession des
pratiques nullement nécessaires au salut ; entendez
la messe le dimanche, soit, mais ne vous jetez
pas dans des momeries inutiles et fort ridicules
à votre âge........ Ne croyez pas que j'aie aucun
éloignement pour vous, mon enfant, ajouta-t-elle
avec plus de douceur ; non, soyez comme votre
sœur gaie, aimable, rieuse, et je vous témoignerai
la même affection qu'à elle, et je m'empresserai
de vous procurer tout ce qui pourra vous être
agréable........ tout ce qui pourra contribuer à
votre bonheur........

» — Ah ! se hasarda encore à dire la pauvre
Thérèse, ce qui ferait mon bonheur, ce qui me
rendrait heureuse, je vous l'ai dit........ je vous
le répète, permettez-moi d'aller à l'église, d'aller
parfois trouver ce bon pasteur qui m'a fait faire
ma première communion ; ses sages conseils m'ai-

deront à devenir meilleure, à me corriger des défauts
qui vous déplaisent en moi........

» — Quand je vous le disais, reprit Mme Gonzalès en s'adressant à son mari, cette petite a une
volonté *de fer;* rien ne peut l'ébranler, et cependant mon devoir, oui mon devoir de mère est de
la briser à tout prix. »

Hélas ! qu'elle était à plaindre cette femme qui,
se laissant assez aveugler par d'injustes préventions, assez égarer par de fausses idées, se
croyait obligée de briser ce qu'elle appelait dans
son aveuglement une volonté de fer, et qui n'étant
au fond qu'une généreuse persévérance dans le
bien, exaltée par une perpétuelle contradiction.

Ah ! si elle eût accédé aux désirs innocents de
sa fille, si, au lieu de heurter sans cesse ses idées,
ses goûts et jusqu'à ses plus secrètes pensées, elle
eût secondé ses vues pieuses, dans tout ce qu'elles
avaient de raisonnable, elle lui aurait inspiré une
confiance qui devrait toujours régner entre une
bonne fille et une tendre mère, dont les avis,
éclairés par une grande expérience et une active
tendresse, ne sauraient lui manquer impunément.

CHAPITRE III.

Thérèse, en écoutant les dernières conclusions de Mme Gonzalès, baissa la tête et se retira dans sa chambre, le front couvert d'une vive rougeur, l'œil en feu........ Sa poitrine était oppressée; mille pensées diverses se croisaient dans son esprit; des projets fantasques, pour sortir d'un servage qui lui paraissait insupportable, s'emparaient de son imagination; son cœur battait avec violence, tout son être enfin était bouleversé et figurait le chaos.

« Que je suis malheureuse ! s'écria-t-elle enfin avec transport et égarée par la douleur; seule...... seule dans ce monde, puisque je ne trouve personne à qui je puisse confier mes peines, mes tourments; puisque ma mère elle-même refuse de me comprendre........ Livrée à mes propres forces dont je sens l'impuissance; sans un conseil, sans une main amie qui vienne se poser sur

mon pauvre cœur pour arrêter la violence de ses
battements...... Seule......» répéta-t-elle toujours,
oubliant dans son égarement que le chrétien n'est
jamais seul, puisque Dieu est avec lui.

« Non, je ne puis vivre ainsi. A moi, Seigneur,
à moi..... ma tête se perd, s'égare..... que faut-il
que je fasse?....» et tombant à genoux elle finit par
puiser dans une fervente prière un peu de calme,
qui lui permit de rasseoir ses idées : puis, en jetant un coup-d'œil sur la fenêtre qui donnait sur
la rue, elle aperçut sa mère et sa sœur qui se
dirigeaient vers la jolie promenade où le monde
élégant se réunit chaque jour. Prendre son chapeau,
son schall, fut pour elle l'affaire d'un instant.
« Pépita, dit-elle à la bonne espagnole qui les
servait, suis-moi; » et en quelques minutes elle
avait franchi l'assez long espace qui séparait leur
maison de la cathédrale. Elle y était à peine arrivée qu'elle aperçut agenouillé au pied de l'autel
de Marie, le digne ecclésiastique qui lui avait
servi de père lors de sa première communion.
Elle s'approcha timidement de lui et lui demanda
s'il pourrait l'entendre un instant? Le bon prêtre
se releva aussitôt et lui indiquant du doigt le tribunal de la réconciliation, lui dit de s'en approcher
et qu'il allait l'y suivre.

Thérèse lui fit l'humble aveu de ses fautes; après
avoir reçu du Ministre de Jésus-Christ les paroles

du pardon, elle lui fit un exposé lucide de ses tourments, de ses peines et de la contrainte insupportable qu'elle éprouvait pour suivre le penchant de son âme qui l'entraînait uniquement vers son Dieu, auquel elle voulait se consacrer à jamais........

Le bon pasteur l'écouta avec attendrissement, mais avec cette sage prudence que Dieu donne à ceux qui tiennent sa place sur la terre, il évita d'exalter encore par une approbation formelle, l'âme de Thérèse, et il lui dit avec un accent tout paternel : « Je ne doute pas, ma chère fille, que le Seigneur n'ait pouragréables ces dispositions de votre cœur, mais ce qu'il demande de vous pour le moment, c'est une abnégation entière de vous-même, c'est d'attendre patiemment que son heure arrive, sans vouloir imprudemment la devancer ; c'est de puiser dans la méditation de la Passion du Sauveur la force qui vous est si nécessaire pour supporter toutes vos épreuves avec résignation, je dirai plus, avec joie........ La tristesse que vous éprouvez est une preuve que le *moi* humain n'est pas encore mort en vous, ma chère enfant; il faut donc travailler à le détruire et regarder comme un bonheur toutes les occasions qui se présenteront de le faire. Abandonnez-vous à tous les mouvements de l'esprit de Dieu. Toujours bonne à tout ce qui vous entoure, gardant toutes les bienséances du monde,

éloignée de toute exagération, soyez pour le Seigneur aussi docile que généreuse.

» Dans les choses extérieures, prudence et so-
briété; au fond du cœur, tendre abandon à la
volonté de Dieu........ Allons, mon enfant, du
courage, j'unirai mes prières aux vôtres, afin que
le Seigneur qui tourne à son gré les cœurs des
hommes, dispose celui de vos parents à vous être
favorable; allez en paix, ma fille, et que les bénédictions du ciel vous accompagnent. »

Thérèse recueillit toutes ces paroles avec une
sainte avidité; et, après avoir promis au bon curé
d'être fidèle à ses sages conseils, elle se hâta de
rentrer chez elle, où son absence n'avait pas été
remarquée.

A dater de ce moment, il s'opéra dans le caractère
de Thérèse le plus heureux changement; ce
n'était plus cette jeune fille sombre, taciturne,
rêveuse, portant sur tous ses traits l'empreinte
d'une profonde mélancolie, mais une aimable personne, apportant dans l'intérieur de sa famille
une douce gaîté, une humeur toujours égale, un
maintien gracieux et modeste, et qui savait em-
ployer à propos les connaissances qu'elle avait
acquises, jetant par là une agréable diversion dans
les causeries de la veillée.

Ce serait une grave erreur de croire que Thérèse,
pour changer ainsi tout ce qu'il y avait naguère

de défectueux dans sa manière d'être, n'eut pas
de violents combats intérieurs à livrer et qu'elle
n'eut pas encore quelques fautes à déplorer ; mais
se rappelant sans cesse tout ce que le bon curé
lui avait dit, elle savait tirer de ses imperfections
mêmes, un nouveau sujet de confiance envers le
Seigneur, sachant bien qu'il se plaît souvent à
faire éclater ses miséricordes, là où il trouve le
plus de misères!....... c'est ainsi qu'elle parvint
à creuser dans son cœur un abîme d'humilité,
dans lequel allait s'engloutir tout ce qui était de
nature à le blesser.

Mme Gonzalès ne se rendait pas compte de ce
qui avait pu opérer en sa fille un aussi favorable
changement, et bien qu'elle eût voulu l'attribuer
à sa dernière *admonition*, elle sentait bien qu'il
devait y avoir eu entre elle et Thérèse un puissant
auxiliaire........

Cependant, craignant de connaître une vérité
devant laquelle elle reculait, par suite de ses préventions invétérées, elle ne lui fit aucune question,
et tourna peu à peu son humeur un peu gron-
deuse contre Calixte qui, fort ennuyée que le
carême fût venu mettre un terme à ses plaisirs,
ne lui témoignait le plus souvent qu'une indifférence
blessante, et n'écoutait ses remontrances qu'avec
un dédain affecté........

La jeune mondaine, lancée au milieu d'une

société aussi remarquable par sa distinction que par l'urbanité de ses manières, n'avait pas tardé à remarquer ce que celles de sa mère laissaient à désirer; et son orgueil en éprouvait une telle irritation qu'elle n'en pouvait toujours contenir les bouillantes saillies, témoignant hautement le désir de ne plus retourner dans le manoir héréditaire, où, disait-elle, on perdait tout savoir-vivre, et où l'on *s'atrophiait* l'imagination, l'esprit, à force d'être en contact avec des gens qui en étaient entièrement dépourvus.

Cependant, M. Gonzalès ayant déclaré que la somme, dont il avait pu disposer pour faire face au séjour de la ville, était presqu'entièrement épuisée et qu'il fallait songer à retourner à la campagne, il fut arrêté entre lui et sa femme, au grand déplaisir de Calixte, qu'on partirait dans huit jours, et qu'on s'efforcerait, en vivant solitaires et avec la plus grande économie, de combler le vide que les dépenses de l'hiver avaient fait dans leurs revenus.

Un malheur imprévu vint bouleverser tous ces projets au moment où ils allaient recevoir un commencement d'exécution.

Le feu, cet élément terrible qui consume tout ce qui se trouve exposé à ses ravages, détruisit en une seule nuit, nuit terrible et néfaste, l'habitation des Gonzalès.

Ainsi quelques heures suffirent pour réduire en un monceau de cendres ces vieux murs qui avaient résisté à la faux du temps, et quand le soleil vint dorer l'horizon, les flammes, qui s'élevaient avec furie du haut des toitures embrasées des bâtiments d'exploitation, semblaient le disputer en éclat avec l'astre du jour.

Toutes les récoltes amassées avec soin dans les greniers furent brûlées, et quand les gens de M. Gonzalès vinrent lui apprendre l'affreux sinistre qui avait réduit à néant granges, récoltes, castel ; le malheureux se livra au plus violent désespoir, et on entendit sortir de sa poitrine oppressée ce cri de détresse........ « Rien, plus rien....... ô ma femme !...... ô mes filles !....... qui vous soutiendra désormais ?........ »

Thérèse comprit toute la portée de cette exclamation, qui était parvenue à ses oreilles, et approchant de son père lui dit avec tendresse :

« Cher père, ne craignez rien, j'ai trop reçu de vous pour ne pas vous le rendre, le ciel bénira mes efforts........

» — Laisse-moi, laisse-moi, Thérèse.

» — Non, je ne vous quitterai pas, je m'enchaîne à vos pieds.

» — Laisse-moi, te dis-je, laisse-moi fuir ce séjour maudit. Si je ne fusse pas venu ici, nous ne serions pas ruinés, déshonorés peut-être, car

cet argent qui a disparu avec tant de rapidité dans
le gouffre des exigences mondaines, il est dû......
oui dû, et quand pourrai-je jamais le rendre?.....
Un feu, vengeur de ma déplorable faiblesse, vient
de m'en ôter les moyens........ Non, je ne survi-
vrai pas à un tel excès de malheur, ajouta l'infortuné Gonzalès avec égarement........ la vie m'est
à charge........ Laisse-moi donc, Thérèse........ ta
vue me fait mal, laisse-moi........ »

Son angélique fille, se jetant à ses genoux, saisit
ses mains, les couvrit de baisers et de pleurs,
et puisant dans son cœur une sublime et persua-
sive éloquence, elle finit par calmer l'affreux
désespoir de son malheureux père et à jeter un
rayon de divine espérance dans son âme éperdue....

Mme Gonzalès éprouva une si violente commotion, au récit que lui fit Thérèse avec tous les
ménagements possibles de la fatale nouvelle de
l'incendie, qu'une fièvre ardente s'empara d'elle,
et qu'elle fut en moins de quelques heures aux
portes du tombeau.

L'habile docteur Boursac, qui avait soigné Thérèse lors de son entorse, crut devoir l'avertir de
la gravité de la position de sa mère, et ne lui
cacha pas qu'il croyait que tout remède serait
impuissant à la sauver.

En entendant formuler cet arrêt terrible, la
pauvre enfant se sentit défaillir; mais ranimant

tout son courage par l'ardeur de sa foi, elle se
jeta au pied du lit de sa chère malade, et fit vœu
dans son cœur d'aller en pélerinage à Notre-Dame
de Betharram, si dans sa bonté infinie le Seigneur
rendait la vie à sa mère.

Se relevant alors, elle dit au médecin avec l'accent d'une profonde conviction : « Je vous remer-
cie, monsieur, de votre franchise, j'y aurai recours
avec confiance, quand le moment en sera venu. »

Puis elle s'éloigna pour aller donner l'ordre à
Pépita de prévenir le bon curé du danger où se
trouvait sa mère, et de le supplier d'accourir au
plus tôt. Quand elle revint dans la chambre, elle
vit la plus profonde anxiété peinte sur le visage
du docteur ; M. Gonzalès et Calixte, ne pouvant
supporter la pensée d'un prochain malheur, la
rejetaient, et s'efforçaient de calmer leurs inquiétudes réelles par des conjectures illusoires.

Quel moment pour Thérèse, dont le cœur était
si sensible, si réellement chrétien !..... « Non,
se disait-elle, non, mon Dieu, vous ne permettrez
pas que ma bonne mère quitte ainsi la terre ;
non, vous ne l'arracherez pas à notre amour, avant
qu'elle n'ait vu bri^   ^nt elle dans toute sa
splendeur le ^^   ^^ foi, sans que son
cœur ait go^   ^de la piété..... Marie,
ô vous que j'ai invoquée avec tant de confiance
et d'amour, arrêtez le bras du Seigneur, qu'il sus-

pende son arrêt : il y va de sa gloire, du salut éternel de celle qui m'a donné le jour, vous ne rejetterez donc pas ma prière. »

En ce moment le vénérable pasteur entra. A la vue des traits décomposés de Mme Gonzalès, il comprit le danger, et ses yeux se rencontrant avec ceux du docteur Boursac, ils échangèrent entr'eux leurs craintes réciproques.

Thérèse s'approcha de lui, et après l'avoir entretenu quelques instants à voix basse, alla chercher une image de Notre-Dame de Bétharram, qu'elle avait dérobée jusqu'alors à tout profane regard. Après y avoir écrit quelques mots au revers, elle la lui donna en le priant de la bénir......

S'adressant ensuite au médecin, elle lui demanda s'il conservait encore quelqu'espérance. Sur sa réponse négative, le curé fit sur les membres de la malade les onctions saintes, puis, après lui avoir donné les dernières absolutions, il déposa sur sa poitrine l'image vénérée de Marie...... En ce moment le front inanimé de Mme Gonzalès se couvrit d'une subite rougeur, ses yeux s'entr'ouvrirent, et portant ses mains sur son cœur, elle prononça avec lente͏   ᷉hétiques paroles :

« Thérèse, je t͏   Mais Dieu m'éclaire et m'inspu͏   r jour consacrée à lui...... tu seras à lui dans le temps, pour être à jamais avec lui dans l'éternité ! »

Après avoir dit ces paroles, la malade tomba dans un profond assoupissement, et quand elle se réveilla, toute trace de souffrance avait disparu.

Le bruit de cette faveur toute céleste se répandit avec une merveilleuse rapidité, et Thérèse, inspirant un intérêt général, trouva sans peine à utiliser les connaissances qu'elle avait acquises par son aptitude à l'étude.

Il y eut entre toutes les mères une noble émulation pour la donner comme maîtresse à leurs filles, et les rapides progrès de ses élèves vinrent confirmer la bonne opinion que l'on avait d'elle; bientôt, grâce à son généreux dévouement, il lui fut donné d'adoucir la triste position de ses parents; et M. Gonzalès, ayant de son côté obtenu une petite place dans une compagnie industrielle nouvellement formée, une certaine aisance vint remplacer l'entier dénûment dont la famille Gonzalès avait été un instant menacée.

Cependant Thérèse brûlait d'accomplir le vœu qu'elle avait fait d'aller visiter cette tendre Mère des cieux, dont la puissante intercession lui avait conservé cette autre mère de la terre, pour laquelle elle l'avait si vivement invoquée; le bon curé, devenu désormais le guide et l'ami de toute la famille Gonzalès, arrêtait son ardeur, lui conseillant d'attendre le moment des vacances, où elle pourrait s'absenter sans abandonner ses nombreu-

ses écolières, et satisfaire doublement sa piété en
se trouvant à Betharram le 8 septembre, jour
de la Nativité de la sainte Vierge..... En effet, à
cette époque de l'année, l'affluence des peuples y
est alors incroyable ; ce qui en augmente le concours, c'est le désir de profiter des grâces accor-
dées par la libéralité du souverain pontife aux
pieux fidèles qui célèbrent cette belle fête en ce
sanctuaire béni.

Thérèse se laissa persuader, et il fut convenu
que, pour la dédommager d'un délai qui contrariait ses pieux désirs, sa mère et sa sœur iraient
avec elle passer une semaine entière au joli bourg
de l'Estelle, situé à peu de distance de Pau et
touchant à Betharram. Cette bienheureuse époque
arriva enfin, et les dames Gonzalès, après avoir
reçu la bénédiction du bon curé, allèrent dévotement augmenter la file des pèlerins Basques, Bi-
gourdans et Béarnais, qui se rendaient au sanctuaire de Marie, et qui s'annonçaient au loin par
un vieux cantique dont les hommes et les femmes,
dans les transports d'une sainte joie, redisaient
alternativement les couplets.

CHAPITRE IV.

Au pied des Pyrénées, presqu'en face du pic du midi, baigné pas les eaux du Gave, ombragé en quelque sorte par ces monts qui semblent se perdre dans les nues, et continuellement rafraîchi par la brise qui s'en échappe ou s'y trouve refoulé, le village de l'Estelle offre un abri sûr contre les chaleurs de l'été.

Les mœurs simples, faciles et prévenantes de ses habitants, donnent à ce séjour un charme qu'on chercherait vainement dans les cités; aussi le voyageur, captivé par l'enchantement qu'il y rencontre, parvient-il à y oublier les peines et les chagrins de la vie.

Plus d'un malade y a trouvé une parfaite guérison, en y goûtant une grande paix intérieure, l'agitation de l'âme ayant si souvent une funeste réaction sur la santé.

L'Estelle n'offre pas à l'étranger, comme Bagnères

16

de Bigorre surnommé le Paris du midi de la France,
une multiplicité de distractions et de plaisirs. On
n'y rencontre pas comme à Cauterets et à Saint-
Sauveur ces eaux dont la vertu puissante enchaîne
soudainement les maladies les plus aiguës ; mais
pour les âmes ravagées par l'impiété, ou froissées
par mille déceptions amères ; pour les cœurs tendres et mélancoliques, dont la tristesse aime à se
recueillir dans les pensées graves et les méditations
du ciel, ce riant village présente un avantage que
n'ont pas les autres hameaux qui se cachent au
pied des Pyrénées ou se perdent dans leurs vallées........

C'est que Betharram est là mystérieusement caché
dans les premiers détours de la montagne avec
son antique chapelle dédiée à Marie et ce Calvaire
qui rappelle si éloquemment les souffrances de
l'Homme-Dieu à la fin de sa carrière !

Ce lieu enchaîne tout d'abord par la solennité
des pensées qu'il inspire, et frappe les âmes d'un
saisissement religieux.

En touchant à ce terme désiré de leur pèlerinage, mesdames Gonzalès éprouvèrent un sentiment d'indicible bonheur. Thérèse surtout, ne
pouvant dominer les profondes émotions de son
âme, versa un torrent de larmes, mais cette fois
larmes d'espérances et d'ineffable joie.

Se voir au pied de l'autel de Marie, entourée de

sa mère et de sa sœur, naguère encore si opposées
à ses plus chères croyances, lui paraissait un rêve,
une céleste vision ; et, succombant pour ainsi dire
sous le poids de tant de grâces, elle se taisait,
mais son silence était une muette prière, une
pieuse extase........

Nos pélerines trouvèrent l'église déjà encombrée
par une foule de gens simples et grossiers, avec
leurs bâtons noueux et leurs chapelets. Tous prosternés à deux genoux, tous priant avec une ferveur
sensible, comme le révélait le sourd murmure,
le léger frémissement qui s'élevait de tous les
coins de l'enceinte sacrée !....... Oh! que n'est-il
donné à ces indifférents qui visitent nos temples aux
jours de grande solennité, l'esprit rempli de profanes souvenirs, promenant tour à tour leurs
regards distraits, soit sur un tableau, soit sur
la voûte dont ils examinent curieusement les sculp-
tures, se donnant souvent le bras avec le laisser-
aller de la place publique, se transmettant à haute
voix leurs réflexions artistiques ou railleuses, que
ne leur est-il donné, disons-nous, de contempler
cette foule plongée dans le recueillement de la foi !
ils sentiraient peut-être qu'il y a un charme secret
renfermé dans une fervente prière; et, entraînés
par cette attraction si puissante de l'exemple, ils
éleveraient aussi leurs pensées et leurs cœurs vers
le ciel : ils comprendraient alors que s'il y a

quelque bonheur dans cette vie passagère, il est réservé au chrétien qui croit, qui espère et qui prie !

L'origine du pèlerinage de Notre-Dame de Betharram remonte à plusieurs siècles. Les faits miraculeux qui lui ont donné naissance ont été fidèlement relatés dans un vieux manuscrit conservé parmi les parchemins de la chapelle.

Le bon père qui en avait la garde céda volontiers aux instances de Thérèse, et consentit à le lui communiquer.

Il renfermait les détails qui vont suivre et qui sont transcrits dans toute leur primitive naïveté.

« Quelques enfants allaient tous les jours garder leurs troupeaux sur ces montagnes escarpées qui bordent le Gave, à l'endroit où se trouve la sainte chapelle. Dieu ne dédaigna pas de leur faire connaître ses desseins merveilleux, à eux les premiers et par préférence parce qu'ils étaient simples et innocents.

» Ces bienheureux enfants virent donc plusieurs fois briller sur ces rochers, et le plus souvent à l'entrée d'une grotte, des lumières extraordinaires. Leurs vaches semblaient aussi affecter d'aller paître autour de la grotte, comme si elles en avaient trouvé l'herbe plus succulente. Ils remarquèrent que celles qui préféraient l'herbe de la grotte étaient plus grasses et plus luisantes, et leur lait plus sucré et plus abondant. Etonnés de cette merveille et de l'apparition des feux qui sautillaient toujours sur la montagne, ils rapportèrent la chose à leurs parents. Ceux-ci, hommes pleins de foi, soupçonnèrent que ces lumières pourraient bien annoncer quelque grand dessein de Dieu, et firent promettre à leurs enfants que la première fois qu'ils apercevraient ces feux, ils fixeraient bien l'endroit où ils se montraient, qu'ils iraient ensuite l'examiner avec soin, car, ajoutèrent-ils avec candeur, l'apparition de ces feux est un grand miracle; remerciez le bon Dieu de vous en avoir rendus témoins. Peut-être fera-t-il encore davantage, comme pour le jeune Samuel dont vous connaissez l'histoire. »

Enhardis par ces paroles, les enfants se conformèrent à cette recommandation, et la première fois qu'ils aperçurent les feux, ils se signèrent du signe de la Croix, tombèrent à genoux, dirent dévotement l'*Ave Maria*, et coururent vers le lieu où les feux s'étaient montrés. Là, le plus jeune d'entr'eux aperçut à l'entrée de la grotte une statue de la Vierge tenant l'Enfant Jésus dans ses bras. Ils crient au miracle d'une voix simultanée, et l'un d'eux vole à l'Estelle.

Tout le hameau suit l'enfant au lieu désigné, et trouve la statue annoncée. « Au miracle ! » crie-t-on de toutes parts; et tous tombent à ge-

noux, pleins d'admiration et de reconnaissance.
Le bruit de la merveilleuse découverte se répandit
rapidement, et les jours suivants on vit accourir
toute la population d'alentour. On convint aisément
que Dieu avait opéré ce prodige pour faire voir
qu'il désirait que sa divine Mère reçût en ces lieux
un culte solennel. Mais comme cet endroit était
aride, sauvage, hérissé de rochers, on crut im-
possible d'y bâtir une chapelle, et l'on transporta
l'image miraculeuse avec respect et vénération dans
un petit oratoire construit de l'autre côté du Gave.
Combien on fut étonné lorsque le lendemain on
s'aperçut que la statue avait disparu, et qu'on
la retrouva à la même place d'où elle avait été
enlevée ! On soupçonna que Dieu voulait que sa
Mère fut honorée dans ce lieu exclusivement. Pour
s'en assurer davantage, on enleva la statue et on
la transporta dans l'église de l'Estelle, dont on
ferma la porte à verrou, ayant soin d'emporter la
clé. Vaines précautions ! l'image fut encore dé-
placée et trouvée le lendemain à l'entrée de la
grotte. Tout le peuple reconnut que Dieu s'était
suffisamment expliqué ; et, après avoir abattu les
rochers et aplani un peu le terrain, on bâtit une
chapelle à l'endroit où la statue avait été découverte. »

Thérèse, après avoir lu le précieux manuscrit,
le remit au Père gardien qui lui dit avec bonté :

« Puisque vous témoignez, mon enfant, un si
louable empressement pour connaître toute l'histoire de Notre-Dame de Betharram, je vais ajouter
à la tradition écrite, que vous venez de lire, la
tradition orale qui n'a pas moins d'authenticité. Le
Seigneur, s'étant plû à autoriser le culte que nos
pères rendaient à sa divine Mère, par des miracles
éclatants, opérés au pied de sa statue, les peuples y affluèrent de toutes parts. Des pélerins,
venus des pays les plus éloignés, vinrent se mettre
sous la protection de Marie, solliciter quelque faveur ou obtenir le pardon de leurs fautes ; cette
dévotion à la Reine des cieux s'agrandit, se dé-
veloppa, s'étendit de proche en proche, jusqu'à
cette époque de lugubre mémoire, marquée dans
les annales du Béarn en caractères de sang, où les
sectaires de Luther et de Calvin, introduits dans
ce beau pays en 1569, par la reine Jeanne de
Navarre, marquèrent leur passage par le renver-
sement des villes, le meurtre des habitants et la
profanation des églises.

» La chapelle de Betharram fut enveloppée dans
le désastre général, détruite, brûlée et renversée
de fond en comble. Elle demeura longtemps ensevelie sous des monceaux de ruines et de décombres...... Aussi quelle consolation n'éprouvèrent
pas les habitants de cette malheureuse contrée,
quand une nuit ils aperçurent de brillantes

lumières scintiller au milieu des ténèbres, à la
pointe même des roches sous lesquels gisaient les
ruines de l'ancienne chapelle ! Comme leurs cœurs
se rouvrirent à de saintes espérances, à la vue
de ce prodige plusieurs fois renouvelé ! Ainsi,
quand le matelot, dans la nuit et les horreurs de
la tempête, voit s'élever des signaux sur la côte
voisine, il pousse un cri de bonheur et ose croire
encore à son salut. Ces signes surnaturels et si
souvent multipliés rallumèrent la dévotion des
peuples ; on vint prier sur les ruines de Betharram, on obtint des grâces signalées, et les débris
de la chapelle reprirent un aspect de vie par l'affluence des pélerins ; des miracles éclatants s'y
opérèrent, réveillèrent dans les cœurs l'antique
dévotion à la vierge de Betharram, et on songea
sérieusement à relever son autel. On confia l'exécution de cette œuvre à un saint prêtre qui, pour
mettre l'entreprise sous la protection immédiate
du Seigneur, débuta par une procession des plus
solennelles. Il partit de Nay, ville à trois lieues
de distance, à la tête d'un clergé nombreux, suivi
d'une population pleine d'un saint enthousiasme,
et commença à faire déblayer le terrain, au chant
de psaumes, de pieux cantiques, et surtout des
litanies de Celle dont il allait relever les autels.
Les peuples étaient accourus en foule de tous les
points de la contrée ; tous étaient profondément

attendris, tous versaient des larmes de joie, et,
comme les Juifs, au retour de la captivité de Ba-
bylone, nul qui ne s'empressât de travailler à
l'œuvre sainte, nul dont le cœur n'émît une ardente prière, tandis que sa main écartait la pierre
moisie ou la poutre à demi brûlée. Ce fut un beau
jour de fête pour tous les peuples d'alentour ; nos
populations en conservent religieusement le souvenir. Redite de père en fils, et toujours avec un
délicieux plaisir, cette histoire fait encore aujour-
d'hui le charme des familles chrétiennes.

» Cependant les fouilles et le déblaiement s'achevèrent avec célérité. Le bon prêtre était constamment à la tête des manœuvres, les aidant de ses
exhortations, et quelquefois aussi de ses mains,
appelant les bénédictions du ciel sur ces lieux par
de ferventes prières et la récitation de son bréviaire. Cette assiduité de sa part était animée par
le désir de retrouver la statue du miracle, qu'il
craignait avoir été brisée par la chute et l'écrou-
lement de l'édifice sacré. Il désirait en recueillir
les fragments pour les cimenter de nouveau et remettre sur pied ce monument de la puissance de
Marie. Mais, ô prodige, ô effet singulier de la
protection divine ! la statue fut retrouvée intacte
et nullement endommagée sur son piédestal, telle
qu'elle apparut le jour qu'elle fut découverte pour
la première fois.

» Le restaurateur du saint édifice ne souffrit pas qu'on ébranlât la statue, ni qu'on la changeât de place. Il disposa la construction du reste du monument de manière à la laisser exactement dans la position où la main de Dieu l'avait si visiblement conservée. C'est exactement le lieu et la situation où elle se voit encore aujourd'hui ; elle n'en est que plus vénérable à la foi qui vient y apporter le tribut de ses prières. Depuis, des miracles de tous les jours et dans tous les genres, dont les preuves visibles et parlantes à tous les yeux sont appendues de tous côtés aux murs de la chapelle, ont donné à ce lieu une célébrité qui s'étend au loin et dans les provinces les plus reculées.

» — La présence de ma bonne mère ici, dit Thérèse, en prenant congé du pieux et intéressant narrateur, est une preuve de plus de la protection et de la puissante médiation de Notre-Dame de Betharram ; puis, elle lui remit un billet signé du docteur Boursac et du curé de la cathédrale de Pau, qui contenait le récit de la guérison instantanée de Mme Gonzalès. Le père gardien le lut avec attendrissement et le conserva parmi les archives de la chapelle.

CHAPITRE V.

Après huit jours passés dans les exercices de la plus fervente piété, mesdames Gonzalès quittèrent l'Estelle et retournèrent à Pau qu'elles trouvèrent bien triste, bien monotone, comparé aux lieux enchanteurs, qu'elles venaient d'abandonner fort à regret.

Calixte ne pouvait comprendre comment elle avait pu goûter une joie si vive et si réelle au milieu des montagnes, entourée de paysans grossiers, assistant non à des fêtes mondaines, mais à des fêtes d'église, dont la piété faisait seule tous les frais.

Thérèse profita de ces heureuses dispositions pour lui montrer la vanité de tout ce qui l'avait jusqu'alors enchantée, et elle eut la douce satisfaction de détruire peu à peu toutes ses illusions et de briser le prisme trompeur à travers lequel

elle avait jugé les plaisirs mondains. Alors cette
Calixte, naguère encore si dissipée, si noncha-
lante, si inoccupée, se mit à seconder sa mère
dans les soins qu'elle donnait à son intérieur, et
bientôt, elle put servir de modèle aux jeunes filles
par son maintien modeste et son assiduité au travail.

Aussi, quand l'hiver eut ramené les fêtes et les
brillantes réunions, on la vit demander à sa mère
comme une grâce de ne plus reparaître dans un
monde qui avait perdu pour elle tout attrait.

Thérèse était si heureuse d'un changement aussi
complet, qu'elle faisait part de son bonheur à
toutes les personnes respectables qui lui avaient
servi d'égide et de soutien, lors du funeste incendie
du manoir héréditaire; et elle faisait avec tant
d'enthousiasme l'éloge de sa sœur bien-aimée, que
la mère d'une jeune personne, à laquelle elle donnait des leçons, éprouva le désir de faire sa connaissance, afin de juger de la véracité des asser-
tions fraternelles.

Mme Gonzalès consentit à laisser aller Calixte à
une matinée musicale qui eut lieu à cette intention
chez Mme de Fertugeac. Cette dame fut si enchantée
de ses manières distinguées, de son air gracieux
et de l'heureux à-propos de ses réponses, qu'elle
voulut la reconduire dans sa propre voiture, monter
à son troisième étage, malgré son âge déjà un peu

avancé, afin, disait-elle, de féliciter l'heureuse mère d'une si charmante fille.

Thérèse devança Mme de Fertugeac, afin de prévenir Mme Gonzalès de cette visite inattendue, et de dérober à ses regards tout ce qui aurait pu attester, d'une manière trop visible, l'état de gêne dans lequel ses parents étaient de nouveau tombés, par suite de la perte de la place que M. Gonzalès avait obtenue, et que la dissolution de la société industrielle dont il faisait partie venait de lui enlever.

Il fallut peu d'instants à Thérèse pour donner un certain air d'arrangement à leur modeste demeure, et quand Mme de Fertugeac y arriva avec Calixte, elle trouva prêt à la recevoir, le fauteuil unique qui faisait partie du mobilier de la chambre à alcove fermée, figurant *salon*.

La bonne dame s'y jeta toute essoufflée, peu habituée qu'elle était à l'ascension de trois étages, puis se dédommagea de ce moment de silence forcé, par un monologue interminable, mais du reste très-flatteur sur le mérite de Calixte et de Thérèse. Une mère ne trouve jamais qu'on lui parle trop longuement de ses enfants ; aussi, quand Mme de Fertugeac eut achevé son espèce de harangue, Mme Gonzalès écoutait encore.

Elle finit par trouver à placer quelques paroles de gracieux remerciements sur sa bienveillante indulgence, sur ses jugements trop flatteurs.

Après un échange mutuel de tous ces lieux communs en usage dans une première visite, la noble Béarnaise prit congé des Gonzalès, en leur faisant promettre de venir souvent la voir.

Plusieurs invitations à dîner achevèrent de rendre plus intimes les relations des deux familles, et au bout de quelques mois on parla de resserrer encore les liens qui les unissaient déjà, en donnant pour époux à Calixte le second fils de Mme de Fertugeac, jeune homme aussi recommandable par la pureté de ses mœurs, que remarquable par la variété de ses connaissances et la solidité de son esprit.

Bien qu'il dût avoir une fortune considérable, il ne songeait nullement à *peser* comme on le fait à présent, celle à laquelle il voulait donner le titre sacré d'épouse, ou plutôt s'il mettait un poids dans la balance, c'était celui des vertus qu'il tenait à trouver en elle.

Mme de Fertugeac éprouva un tressaillement de joie à cette nouvelle qui comblait tous ses désirs, et embrassant son fils,..... « Oui, mon Ernest, lui dit-elle, tu as lu dans mon cœur...... Rien ne pouvait me rendre plus heureuse que cette détermination que le ciel t'a inspirée de prendre ; ce soir, à six heures, viens me retrouver, et je te dirai si ta demande à été agréée. »

Le moment prescrit par Mme de Fertugeac pour

savoir la réponse qu'Ernest avait tant à cœur
de connaître, n'était pas encore arrivé que déjà
il parcourait, en long et en large, la chambre de
sa mère, qui ne s'y rendit qu'après une heure de
mortelle attente.

« Tu es refusé, mon ami, » dit-elle en entrant ;
mais, en voyant pâlir son fils, elle se repentit de
sa malencontreuse plaisanterie et se hâta de la
réparer par une affirmation contraire, à l'appui
de laquelle elle ajouta un narré circonstancié, am-
plifié même de sa visite chez Mme Gonzalès ; elle
appuya beaucoup sur la joie de Thérèse et le
modeste embarras de sa sœur ; enfin sur la nécessité
de hâter les préparatifs du mariage.

La santé du père de Calixte, ébranlée par tous
ses malheurs successifs, donnait beaucoup d'inquiétudes à sa famille.

La soirée se passa délicieusement entre la mère
et le fils, et minuit sonnait à l'horloge de la ville
quand ils se séparèrent.

Calixte Gonzalès et Ernest Fertugeac reçurent
la bénédiction nuptiale des mains de leur pasteur,
qui leur adressa quelques paroles sorties de son
cœur paternel ; et Thérèse, absorbée pendant toute
la cérémonie dans la plus céleste contemplation,
soupirait après le moment bienheureux, où elle
aussi prendrait le ciel à témoin de ses serments
d'être à Dieu pour jamais !

CHAPITRE VI.

La mort de M. Gonzalès vint bientôt plonger dans l'affliction son heureuse famille; il quitta la vie en chrétien qui connaît le prix de l'éternité; ses obsèques se firent remarquer par un concours de pauvres, que sa pieuse enfant secourait à l'insu de tous, au prix de mille petites privations dont Dieu seul connaissait le secret, et qui voulurent lui donner, en cette douloureuse circonstance, une preuve de leur reconnaissance pour tous ses bienfaits.

Après les premiers jours, consacrés aux larmes et à la prière, il fallut songer à s'occuper de ces affaires d'intérêt compagnes inséparables des malheurs du genre de celui qui venait de frapper Mme Gonzalès et ses filles.

Il fut convenu que la petite terre serait mise en vente par adjudication. Ernest de Fertugeac couvrit la mise à prix d'une surenchère considérable

et devint ainsi propriétaire d'un lieu bien cher
à Calixte par les souvenirs d'enfance qu'il lui rap-
pelait.

Sur l'emplacement où s'élevait naguère le castel
des Gonzalès, et qui était couvert de décombres,
de pans de murs abattus, de poutres à demi-con-
sumées, il fit construire une charmante habitation bâtie à l'Italienne, qu'il ne put décorer à la
vérité du nom de château, mais qui prit celui de
Villa Fertugeac.

Mme Gonzalès resta solitaire à Pau avec Thérèse,
pendant tout le temps de son deuil; mais quand
il fut expiré, son gendre et sa femme lui ayant
fait alors les instances les plus pressantes pour
venir les rejoindre à la campagne et y fixer sa
résidence, elle y consentit avec joie, éprouvant
une peine extrême à être séparée de sa chère
Calixte.

Thérèse, jugeant que sa mission filiale était ac-
complie, alla trouver le bon curé; le suppliant
de prévenir sa mère de l'intention qu'elle avait de
choisir le moment où elle allait se réunir au jeune
ménage, pour accomplir le vœu, qu'elle avait fait
de se donner à Dieu dès qu'elle pourrait se passer
de ses soins.

L'entretien qu'eurent à ce grave sujet le pasteur
et Mme Gonzalès, fut long et pénible; celle-ci ne
pouvait se décider à faire généreusement au Sei-

gneur le sacrifice de son enfant, et cependant elle-
même n'avait-elle pas prédit en revenant miracu-
leusement des portes du tombeau, que Thérèse
serait un jour l'épouse de Jésus-Christ?

Mais elle n'avait aucun souvenir des paroles
prophétiques qu'elle avait prononcées alors et refusait obstinément d'y croire.

L'homme de Dieu jugeant qu'il était nécessaire
de porter un grand coup, pour déterminer cette
mère égarée par l'amour qu'elle portait à sa fille,
sortit d'un bréviaire qu'il tenait à la main l'image
de Notre-Dame de Betharram, la même qu'il avait
reçue de Thérèse au pied du lit de sa mère mou-
rante, et lut avec lenteur ces mots écrits par la
jeune fille........ « Je jure de me consacrer au
Seigneur, s'il conserve les jours de ma mère bien-
aimée........ »

Mme Gonzalès, tremblante, éperdue, saisit l'image
vénérée et s'écria avec l'accent d'une douleur
résignée........ « Mon Dieu, mon Dieu, je ne
résiste plus à votre grâce qui me presse; que
votre volonté s'accomplisse sur moi et sur mon
enfant !....... »

Après s'être un peu remise de son émotion, elle
appela Thérèse, qui se jeta dans ses bras en versant
d'abondantes larmes........

Le bon curé resta quelque temps encore avec
la mère et la fille, et ses touchantes exhortations

achevèrent de calmer le trouble qui agitait le cœur de Mme Gonzalès.

Thérèse, désirant embrasser la règle des filles de la Visitation de Sainte-Marie, fut contrainte de se rendre à Paris pour y commencer son noviciat.

Sa mère, qui n'avait jamais quitté le Béarn depuis sa naissance, ne put se décider à suivre sa fille dans la capitale, et celle-ci fut contrainte d'attendre le départ d'une dame espagnole qui allait y rejoindre son mari.

Thérèse attendit chez sa sœur que sa compagne de route lui annonçât le jour fixé pour se diriger vers cette grande ville, devenue désormais le but de tous ses désirs, puisqu'elle renfermait dans ses murs la sainte Maison où elle allait demeurer pour jamais.

Un mois, dont tous les jours avaient été marqués par l'attente et un espoir déçu, s'était écoulé, et Thérèse n'avait eu aucune nouvelle de la dame espagnole, quand elle reçut un petit billet qui lui annonçait qu'elle avait arrêté deux places à la diligence pour le surlendemain........ En lisant ces lignes tracées à la hâte, Thérèse éprouva tant de sensations différentes, que tous ses traits prirent l'empreinte d'une grande souffrance, dont Mme Gonzalès s'inquiéta aussitôt.

« Qu'as-tu, mon enfant? lui dit-elle avec intérêt........

» — Ce que j'ai, vous le devinez sans doute.....
ma mère bien-aimée, ma sœur.:...... mon bon
frère........ dans deux jours........ je vous aurai
quittés; dans deux jours, chaque heure, chaque
minute m'entraînera loin de vous........ O mon
Dieu, vous me faites sentir les pointes acérées de
ce glaive à deux tranchants qui divise l'âme d'avec
elle-même!........ Mon Dieu, pardonnez ma faiblesse, Marie, priez pour moi! »

Que l'on ne s'étonne pas de voir Thérèse ainsi
en contradiction avec les sentiments qu'elle avait
jusqu'alors manifestés, la nature ne perd jamais
entièrement ses droits et si Dieu permet qu'elle
semble prendre le dessus sur la grâce dans les
âmes de la trempe de la sienne, c'est pour élever
ensuite d'une manière inébranlable sur les débris
du *moi* humain l'édifice de leur sanctification.......

Après ces élans d'une âme doublement com-
battue par le désir de se donner à Dieu, et le
regret de se séparer pour toujours de tous ceux
qu'elle aimait sur la terre, Thérèse embrassa avec
la plus vive tendresse sa mère et sa sœur, et
prétextant une extrême fatigue, se retira dans sa
chambre pour faire les préparatifs de son départ;
se défiant d'elle-même et voulant épargner à Mme
Gonzalès et à Calixte le déchirement de cœur des
derniers adieux : elle partit avant l'aube du jour
dans une carriole que son beau-frère, qui était dans

le secret, lui avait fait atteler, et en quelques heures elle fut rendue à Pau, qu'elle quitta le surlendemain, selon que sa compagne de voyage l'avait arrêté.

En arrivant à Paris, Thérèse éprouva une joie inexprimable ; mais préocupée par une seule pensée, toutes les merveilles de l'art qui s'offraient à ses yeux, ne firent sur elle aucune impression, et quand sa compagne, qui ne partageait pas son indifférence pour les choses extérieures, poussait une exclamation de surprise, Thérèse, sans perdre son recueillement, regardait machinalement ce qui avait provoqué son admiration, et souriait ensuite des observations qu'elle excitait sans les entendre.

Après avoir pris quelques heures d'un repos bien nécessaire pour remettre ses membres brisés par la fatigue de la route, Thérèse prit congé de la dame espagnole et se fit conduire au couvent où elle avait été annoncée par une lettre du curé de la cathédrale de Pau.

Elle y fut reçue à bras ouverts par la supérieure et les bonnes religieuses qui lui donnèrent tout d'abord le doux titre de sœur, et eurent pour elle les plus touchantes attentions. Thérèse, ayant en fort peu de temps gagné leur affection et leur estime, passa promptement de l'état de simple postulante à celui de novice, et en moins d'un an, elle fut admise à prendre le voile et à prononcer ses vœux.

Thérèse se prépara, par un redoublement de ferveur, à cette action si solennelle qui allait pour jamais enchaîner sa destinée tout entière, et ne cessait de répéter, dans les pieux élans d'une charité céleste : « Que votre joug est doux, Seigneur, et que votre fardeau est léger[1] .... Que vos Tabernacles sont aimables, ô mon Dieu....... Mon âme a aspiré au parvis du Seigneur, et elle a défailli de désir !....... Le passereau trouve une demeure, l'hirondelle un asile où elle dépose ses petits, pour moi, ô mon Roi, ô mon Dieu, vos autels[2]. »

Aussi avec quelle générosité, avec quelle sainte joie n'inclina-t-elle pas sa tête virginale sous le fer tranchant qui fit d'un seul coup tomber sa belle chevelure, qu'elle offrit au Seigneur comme les prémices de son sacrifice. Avec quel saint tressaillement se vit-elle ombragée par ce drap mystérieux qui l'ensevelissait pour jamais dans la Maison du Seigneur, image de l'entier sacrifice qui devait se consommer en elle en ce moment suprême où son corps, son âme, son esprit, toutes ses facultés enfin venaient d'être consacrés au Seigneur.

Comme la nouvelle religieuse joignait à une

---

[1] Évang. S. Matthieu, ch. XI. v. 29 et 30.
[2] Ps. LXXXIII. v. 1. 3. 4.

grande instruction l'art si difficile d'enseigner,
elle fut mise à la tête de la première classe formée
d'une cinquantaine de jeunes filles, qui l'aimèrent
bientôt comme une mère, et l'influence qu'elle
avait su prendre sur leur esprit détermina la
supérieure du couvent à joindre à ses importantes
fonctions de maîtresse de classe, celles non moins
difficiles de surveillante des récréations.

C'était surtout dans ces moments de joyeux abandon que ses jeunes écolières se groupaient autour
d'elle, l'accablaient de questions, et puisaient dans
ses réponses toujours justes, toujours spirituelles,
toujours marquées du sceau de la plus tendre piété,
une source inépuisable d'utiles réflexions.

Il y avait déjà plus de quinze ans que la mère
Thérèse remplissait d'une manière si parfaite les
deux importantes missions qui lui avaient été
confiées, quand ma tante Melle de Boursabiec me
conduisit au couvent de ***.

La mère Thérèse voulut bien me prendre en
affection, encore que je ne fusse pas de sa classe;
elle ne cessa de me surveiller avec une activité
toute maternelle, et quand j'eus atteint l'âge de
comprendre et d'apprécier la sagesse de ses conseils, j'allais les réclamer avec la plus naïve confiance; malgré mon importunité, elle m'accueillait
toujours avec la même bonté........

Le texte habituel de ses pieuses exhortations

était la nécessité de pratiquer avant tout l'abnégation de soi-même. L'humilité et le renoncement
à la volonté propre, me répétait-elle souvent,
sont les bases fondamentales d'une sincère piété;
sans elle, vous ne sauriez atteindre au sommet
de la sainte montagne, où il faut parvenir pour
arriver au ciel; car votre propre poids et celui
de l'orgueil vous empêcheraient de la gravir, et,
paralysant vos efforts, vous feraient pesamment
retomber sur la terre!...... Vous comprendrez facilement maintenant, ma chère Joséphine, d'après
ce que je viens de vous dire sur la mère Thérèse,
combien je dus être affligée, quand elle m'apprit
qu'il fallait retourner en Bretagne auprès de ma
tante.

Cette douloureuse séparation m'a préparée à tant
d'autres plus déchirantes encore! L'onction du Seigneur n'est-elle pas d'ailleurs dans l'âme éprouvée,
mais résignée a sa volonté sainte, comme un baume
céleste qui en adoucit toutes les douleurs?

Puisse ce récit vous intéresser, ma Joséphine,
puisse-t-il vous faire comprendre la nécessité d'inspirer à vos enfants, si le ciel vous en accorde,
par de salutaires exemples et de persuasives paroles, une confiance sans bornes qui vous per-
mettra de connaître, de corriger, de modifier leurs
penchants naissants, et de remplir dans toute son
étendue mission la sublime de la mère chrétienne.»

Ici finissait le manuscrit, seulement quelques mots étaient encore écrits à la fin de la dernière page.

Mais comme nous l'avons déjà fait observer, quand Joséphine ouvrit le précieux travail d'Amélie, ils étaient presque illisibles et n'annonçaient que trop que sa main amie désormais n'en tracerait plus !

—◊◊◊—

Cette dernière partie est une sorte d'itinéraire de Paris à Rome, cette ville aux grands souvenirs; cette ville sainte par excellence; cette ville purifiée des souillures du paganisme par le sang de saint Pierre et de saint Paul, ce sang régénérateur qui fit germer des milliers de martyrs! Il nous a semblé que l'on ne saurait nous faire un reproche d'avoir un peu retardé par là la conclusion de notre histoire. La noble terre de l'Italie n'est-elle pas pour les cœurs catholiques une commune patrie où ils sont toujours heureux de se retrouver?

Nota. Nous avons emprunté la plupart de nos digressions descriptives aux auteurs les plus graves, à la tête desquels nous placerons l'abbé Gerbet et M. de Géramb, etc. Nous payons une fois pour toutes ce tribut à la vérité, afin d'éviter les citations qui finissent, quand elles sont trop répétées, par fatiguer l'attention du lecteur, en jetant une grande froideur dans le récit.

CHARLES, en arrivant chez le marquis, fut frappé de la douleur muette de ce malheureux époux qui, l'œil fixe, la tête penchée sur sa poitrine, n'exhalait pas une plainte, ne témoignait pas un regret, ne poussait pas un soupir.

Cet état de léthargie morale était mille fois plus alarmant, que ne l'aurait pu être l'exaltation du désespoir; aussi le bon Charles, guidé par son cœur, employa-t-il tous les moyens pour provoquer un éclat qui aurait soulagé son ami du poids terrible qui l'oppressait; mais rien ne put le faire sortir d'un marasme, que l'on pourrait appeler la paralysie de l'âme.

Emmanuel, ne résistant à aucun des désirs de Charles, se laissa conduire par lui au pied de ce lit funèbre, sur lequel reposaient les restes inanimés de celle qu'il regardait depuis quelque temps comme son bon ange, son ange gardien, il baisa même ses mains glacées par le souffle de la mort, détacha de son cou, pour le placer au sien, la

croix d'or et la médaille de la Vierge immaculée,
que son Amélie n'avait jamais quittées ; mais il fit
toutes ces choses si touchantes avec un sang-froid
tellement machinal, que son ami en fut attéré et
en ressentit un indicible effroi, qui redoubla encore
quand, au retour de la cérémonie lugubre des
funérailles de la marquise, il le trouva tranquil-
lement assis le visage appuyé contre la glace sans
tain qui lui permettait de plonger du regard dans
la chambre d'Amélie, devenue à jamais déserte.
Emmanuel restait là, ne laissant apercevoir aucune trace d'émotion sur son immobile physionomie......

M. Duvergne fit aussitôt appeler plusieurs des
plus habiles médecins de la capitale, qui décla-
rèrent qu'un voyage pouvait seul tirer le marquis
de l'état d'insensibilité dans lequel il était tombé,
et que d'ailleurs un hiver passé à Paris serait
mortel pour lui ; qu'il fallait donc se hâter de faire
les préparatifs d'un déplacement qui pouvait seul
le sauver.

Charles écrivit cet arrêt de la faculté à sa chère
Joséphine, et la pria instamment de ne pas le
laisser seul avec son ami dans une circonstance
aussi critique.

« Venez me rejoindre, lui mandait-il, venez ;
peut-être que la présence de celle qu'Amélie a tant
aimée, sera un allégement de cœur pour le mal-

heureux Emmanuel, ou plutôt qu'elle provoquera
en lui le retour d'une sensibilité qui semble tout-
à-fait éteinte ; peut-être aussi que le beau soleil
de l'Italie sera favorable à votre propre santé ; peut-
être enfin que ce voyage, inspiré par l'amitié la
plus dévouée, aura même les plus heureuses influences sur notre bonheur intérieur ; car cette séparation habituera votre mère à ne plus exercer
sur vous un empire, qui est en contradiction perpétuelle avec celui que je dois avoir sur votre esprit
et votre cœur ! »

Cette dernière considération, bien qu'empreinte
d'une certaine amertume, n'était pas sans justesse.
En effet, bien des mères, en mariant leurs filles,
ont le tort de ne pas assez comprendre qu'elles
ont abdiqué, en faveur de *celui* qu'elles leur ont
choisi pour époux, la plus grande partie des droits
qu'elles avaient sur elles. Il résulte souvent de ce
conflit de volontés une petite guerre intestine dont
la jeune épouse paie tous les frais, en butte qu'elle
est aux doubles traits que se lancent son mari et
sa mère, et qui souvent vont la percer au cœur !

Malgré tout le désir que Joséphine éprouvait de
se rendre aux instances de Charles, la crainte du
déplaisir qu'elle causerait à Mᵐᵉ Vaudret en y cédant, la rendait indécise, et il est probable qu'elle
n'aurait jamais eu le courage de lui parler d'un
voyage qui allait les séparer pour plusieurs mois,

si le souvenir de sa chère Amélie n'était venu
apporter un poids irrésistible qui fit pencher du
côté de Charles et de son malheureux ami, la
balance, qu'elle tenait pour ainsi dire entre ses
mains tremblantes.

Se reprochant alors ses irrésolutions, Joséphine,
après avoir demandé à Dieu la force d'accomplir
ce qui venait de lui apparaître comme un devoir
sacré, alla trouver sa mère, et après mille ingénieux
détours, après l'avoir attendrie sur l'état du marquis de L:, après lui avoir démontré la nécessité
d'un voyage en Italie, et l'impossibilité de le lui
laisser entreprendre seul, elle finit par lui avouer
que Charles lui avait témoigné le désir formel qu'elle
vînt, par les soins intelligents qu'il appartient seulement aux femmes de donner, aider Emmanuel à
supporter les fatigues inséparables d'un long voyage.

Toutes ces précautions oratoires furent sans
succès, et Mme Vaudret, à cette nouvelle inattendue, se récria sur le *despotisme* de Charles,
sur le peu d'affection que Joséphine avait pour elle,
lui déclarant formellement que, si elle comprenait
ainsi ses devoirs de fille, elle saurait aussi comprendre de la même manière ses devoirs mater-
nels, et qu'elle saurait trouver chez des étrangers
les soins dont son enfant ne voulait plus l'entourer......

La jeune femme reçut cette bordée avec un grand

sang-froid, et quand elle crut apercevoir qu'il lui serait possible d'être écoutée, comprise, elle se jeta au cou de sa mère et, à force de caresses, parvint à l'apaiser et même à la faire adhérer à son départ, en lui démontrant tout le bien qu'elle retirerait pour sa santé d'un séjour en Italie, en lui promettant de lui écrire avec la plus grande exactitude et surtout de ne pas lui épargner les détails.

Les personnes qui ont assez d'empire sur elles-mêmes, pour réprimer la vivacité de leurs premières impressions, ont un immense avantage sur celles qui ne savent pas les contenir.... Aussi ne faut-il pas s'étonner si Joséphine put si promptement persuader à sa mère que ce voyage qui lui avait d'abord causé un tel effroi, n'avait rien que de naturel, et qu'une active correspondance les dédommagerait l'une et l'autre de leur séparation forcée.

PREMIÈRE LETTRE.

MADAME CHARLES DUVERGNE A SA MÈRE, LA BARONNE VAUDRET.

Paris, 28 novembre.

« Je ne saurais vous dire, chère maman, quel serrement de cœur j'ai éprouvé en entrant dans cette voiture qui allait m'entraîner loin de vous. Pour être comprise, je n'ai besoin, j'en suis bien sûre, que d'invoquer vos propres souvenirs. Oh! qu'il est cruel, le moment où pour la première fois on se sépare de sa mère! Mais à quoi bon vous attrister par le récit de mes peines? Ne vaut-il pas mieux vous donner tout de suite sur notre pauvre marquis les nouvelles que vous devez être si impatiente de recevoir? D'ailleurs, en s'occupant des souffrances des autres, ne surmonte-t-on pas plus aisément les siennes?

» Qu'il m'a paru changé, ce malheureux époux ! que son regard fixe et terne m'a fait de mal !

En me voyant entrer dans sa chambre, dont la température est suffoquante pour tout autre que pour lui, il me tendit la main ; mais pas une larme ne vint mouiller sa paupière ; pas une parole ne trahit le secret de ses douleurs. Ce silence, que mes sanglots ne purent rompre, dura jusqu'au moment où Charles, prenant son ami par le bras, lui dit d'un ton impératif : « Allons donc, Emmanuel, dites quelques mots à Joséphine ; Amélie l'aimait tant ! »

» Cette injonction fit sortir le marquis de son état de marasme, et il m'adressa d'un ton affectueux plusieurs questions banales sur mon arrivée à Paris, sur ma santé et mes projets de voyage.

» Je le remerciai et m'efforçai de l'affermir dans la persuasion où il était, qu'un séjour en Italie m'était devenu nécessaire. Charles me dit ensuite que si j'étais assez reposée, nous quitterions Paris dans deux jours. Je répondis affirmativement, et prétextant la nécessité de songer à mes préparatifs de voyage, je me retirai dans l'appartement qui m'avait été préparé, où je donnai un libre cours à mes larmes.

» Je suis allée aujourd'hui déposer une couronne sur la tombe d'Amélie et la supplier (car je l'invoque comme une sainte) d'obtenir du Seigneur

19

pour son époux les forces qui lui sont nécessaires
et dont il semble presqu'entièrement privé.

» Demain, à l'aube du jour, nous quitterons
Paris, et nous irons sans nous arrêter jusqu'à
Châlons, où nous nous reposerons un jour. Si je
ne puis vous écrire de cette ville, chère maman,
je le ferai de Lyon ou de Marseille.

» Adieu, ma chère mère, croyez au respectueux
amour de votre

JOSÉPHINE. »

LETTRE II.

DE LA MÊME A LA MÊME.

Marseille, 15 décembre 18...

« Je vous ai adressée quelques lignes de Châlons, chère maman, mais je crains bien qu'elles ne vous soient parvenues, ayant été obligée de les confier à un commissionnaire au moment même de notre départ de cette ville. Nous y avons pris le bateau à vapeur, afin de pouvoir jouir des sites admirables qu'offrent les bords enchanteurs de la Saône.

» Le jour était magnifique, le ciel sans nuages et les rayons du soleil, reflétés dans les eaux, y traçaient des sillons de feu.

» De Châlons à Mâcon la Saône ne baigne guère que de vastes plaines ; mais au-dessous de Mâcon,

le sol paraît meilleur, la végétation plus belle,
et la culture plus variée. Sur la rive droite, se
trouvent des villages considérables et des collines
couvertes de vignes que coupent de riants vallons,
et que couronnent de beaux châteaux ou d'élé-
gantes habitations. Sur la rive gauche, les villages
sont moins rapprochés; mais les terres plus éten-
dues portent de riches moissons, de gras pâtu-
rages couverts en tous temps d'innombrables
troupeaux. Les eaux de la rivière forment plusieurs
sinuosités qui charment le voyageur par une
grande variété d'aspects; quelquefois elles se partagent et embrassent des îlots que peuplent des
saules modestes et que protégent de superbes
peupliers.

« Pardonnez-moi, chère mère, ma loquacité des-
criptive; j'oubliais que vous m'avez recommandé
de ne pas trop m'y livrer, aussi vous dirai-je, en
quelques mots, que nous ne sommes restés que
deux jours à Lyon, cette seconde ville du royaume
en grandeur et en richesse, mais sans contredit la
première en piété. La foi vive de ses habitants s'y
révèle par la grandeur et la multiplicité des œuvres
qui y ont pris naissance; de là se sont répandues
dans l'intérieur de la France, et ont même franchi
les barrières qui séparent l'ancien monde du nouveau, comme celle de la propagation de la foi.

« Parmi les nombreux édifices que nous avons

visités, je citerai l'hôpital, un des plus beaux de ce genre. La cathédrale de Saint-Jean, l'hôtel-de-ville et l'église de Saint-Irénée, qui est un des premiers monuments du christianisme dans les Gaules........

» Malgré la fatigue que je ressentais, je voulus gravir la montagne dite des pélerins qui conduit à Notre-Dame de Fourvières. Du haut de cette montagne, toute peuplée de marchands d'images, de chapelets et d'ex-voto, Lyon se déroule aux regards comme un magnifique panorama. On voit son immense enceinte qui descend des hauteurs pour embrasser l'espace entre la Saône et le Rhône, se prolonger sur les deux fleuves, couvrir leurs rives, et étendre ses faubourgs au delà même du Rhône.

» Je ne saurais vous dire combien j'étais émue en pensant aux misères de sa population laborieuse, pauvres tisseurs de ces belles étoffes de soie, connues dans l'univers par l'éclat de leurs couleurs, la richesse et la perfection du travail. C'est avec leurs larmes et leurs prières, me disais-je, qu'ils attendrissent le pain dur de leurs sueurs. Car ici l'ouvrier croit encore à la religion de nos pères. Des doctrines désolantes n'ont point flétri ses croyances, et dans le naufrage de toutes ses espé-rances ici-bas, il élève ses regards vers un monde meilleur........ La foule qui se pressait dans l'en-

ceinte sacrée , quand j'y suis entrée , en était un
vivant témoignage. L'antique chapelle de Notre-
Dame de Fourvières , rendue en 1805 au culte
de la Mère de Dieu par le pape Pie VII, sert de
sanctuaire à une statue de la Vierge , consacrée
par les prières et les bénédictions de tous les
âges. Ses murs sont tapissés de tableaux touchants,
quoique le talent n'y ait pas toujours imprimé son
cachet , qui retracent de merveilleuses espérances et
des guérisons plus merveilleuses encore. Là, comme
à Notre-Dame de la Garde [1], toutes les angoisses
de l'âme sont venues s'épancher aux pieds de
celle qui éprouva d'inexprimables douleurs. Ici ,
c'est une mère qui présente à la Mère du Sauveur
un fils unique près de mourir , la Vierge sourit
et la rassure ; là , un vieux paralytique suspend
près de l'autel les deux béquilles qu'il croyait ne
devoir quitter qu'avec la vie. Plus loin une barque,
emportée par les vagues du Rhône , se brise sur

[1] Cette chapelle a été bâtie en 1218 par un religieux
du monastère de Saint-Victor , sur une montagne près de
Marseille. Cette montagne avait reçu , deux siècles auparavant,
le nom de la Garde ; en 1525, François I entoura le sanctuaire de Marie de fortifications qui existent encore.

Les miracles qui se sont opérés par la médiation de Notre-
Dame de la Garde , sont innombrables, et la plupart cons-
tatés par des ex-voto, appendus, non-seulement aux murs
de la chapelle, mais encore enfermés dans une salle qui, malgré
sa grandeur, peut à peine les contenir.

les écueils ; en vain les mariniers opposent à la violence du courant leurs forces affaiblies ; entraînés par les flots, ils vont périr, mais Notre-Dame de Bon-Secours apparaît au-dessus du fleuve et leur prête jusqu'au rivage sa protection et son appui.

» Oh! comme je me sentais pénétrée de religion et de poésie sous les voûtes de la vieille chapelle aux miracles, et cependant il fallut bientôt m'arracher de ces lieux bénis pour aller rejoindre Charles qui m'avait donné rendez-vous aux Brotteaux. Cette belle promenade rappelle de bien douloureux souvenirs ; aux jours néfastes de la terreur, elle fut arrosée du sang de milliers de citoyens dont tout le crime était de défendre leurs foyers, de résister à une révoltante oppression, et d'être fidèles à leur Dieu et à leur roi !........ Quelle noble et magnanime cité que cette ville de Lyon ! elle a toujours été féconde en martyrs. Aussi les purs rayons de leur brillante auréole se reflètent-ils sur elle, et font jaillir de son sein les éclairs d'une charité toute divine.

» La place Belcour est admirablement belle. Du quai du Rhône qui la termine, on aperçoit le mont Blanc au front sourcilleux, à la cîme couverte d'une neige éternelle. Le géant des Alpes forme un contraste frappant avec les riantes campagnes qui se déroulent à ses pieds. Enfin, chère

maman, si je voulais vous décrire tout ce que
Lyon renferme de remarquable, si je voulais vous
dépeindre tout ce que ses environs offrent de pittoresque et d'enchanteur, je n'en finirais pas,
et malgré la sincérité de mes éloges, je craindrais
d'être encore au-dessous de la vérité.

» *Mes quelques mots sur cette intéressante cité
se sont un peu étendus.* Je me hâte donc de vous
dire que le lendemain du jour que j'avais si labo-
rieusement employé à visiter les merveilles dont je
viens de vous entretenir, nous nous sommes
embarqués de nouveau, laissant derrière nous

« L'opulente cité, la gloire de ces bords
» Où la Saône enchantée à pas lents se promène,
» N'arrivant qu'à regret au Rhône qui l'entraine. »

Nous avons couché à Valence, puis à Avignon; et
nous voici enfin arrivés à Marseille où nous allons
prendre quelques jours de repos.

» Ce n'est pas sans regret que j'ai consenti à
ne pas visiter cette ville d'Avignon, devenue
célèbre par la résidence successive de plusieurs
grands pontifes [1], et ce n'est pas sans pousser de
profonds soupirs, que j'ai passé, sans m'y arrêter,
devant ce bâtiment gothique flanqué de donjons,

---

[1] Ce fut Jeanne, reine de Naples et comtesse de Provence,
qui vendit Avignon à Clément VI, et les papes y firent leur
résidence jusqu'en 1396 que Grégoire XI retourna à Rome.

couronné de créneaux, et percé de meurtrières, qui fut il y a environ sept siècles la demeure des papes, et qui est à présent transformé en magasins, prisons et caserne ; mais Charles m'ayant démontré la nécessité d'arriver au plus tôt à Marseille, afin d'arrêter nos places sur le bâtiment qui doit nous conduire en Italie, j'ai accédé à ses désirs.

» Le marquis est exténué, mais ses facultés intellectuelles semblent reprendre de la force à proportion de son abattement corporel. L'espoir commence à renaître en nos cœurs et nous donne un peu de courage, il nous en faut, chère maman, pour supporter le triste spectacle que notre pauvre malade présente sans cesse à nos yeux........ Sa maigreur est affreuse, sa toux continuelle. Amélie ! chère sainte, prie pour lui ; prie pour nous !.......

» Cette lettre est déjà bien longue et ne contient cependant pas un mot de Marseille....... à demain, bonne mère, les détails sur cette grande et populeuse cité.

14 décembre.

« Marseille, fondée par les Phocéens, sous le nom de Massillia, cinq cents ans avant Jésus-Christ, fut dès son origine, une des villes les plus com-

merçantes de l'Occident. Subjuguée par Jules-
César, puis ruinée de fond en comble par les
Sarrasins, elle ne recouvra sa liberté et son antique splendeur qu'en 1226. Louis xiv la priva de
la plupart des privilèges dont elle avait joui jusqu'à
son règne et y fit bâtir, en 1660, une citadelle.

» L'année suivante, une peste horrible y exerça
les plus affreux ravages. M. de Belzunce, évêque
de Marseille, offrit dans cette circonstance l'exemple
du courage le plus admirable...... Ce fut en grande
partie à son zèle et à son héroïque dévouement
que la plupart des habitants durent leur salut [1].
Marseille se trouve aujourd'hui divisée en ville
vieille et en nouvelle ville. Cette dernière a des
rues régulières et de magnifiques édifices; son
lazaret est le plus beau de l'Europe. Son port,
défendu par plusieurs îles, est un des plus vastes
de la Méditerranée; son aspect et celui des quais
qui le bordent sont uniques et frappants. Les productions des quatre parties du monde, tous les
habitants de la terre dans leurs divers costumes,

---

[1] Pour conjurer la vengeance céleste, M. de Belzunce ayant
fait élever sur la grande place de Marseille un autel. Couvert
d'un cilice, pieds nus, la corde au cou, et suivi des débris
de son cher troupeau que le fléau avait cruellement décimé,
il le consacra au cœur de Jésus...... A dater de ce moment, la
mortalité fut toujours décroissante, et la peste s'éloigna de
cette ville désolée pour n'y plus reparaître.

tous les pavillons qui flottent sur la mer, y sont rassemblés......

» Les côteaux qui environnent Marseille sont couverts d'une quantité prodigieuse de petites maisons de campagne appelées *Bastides*. La beauté et la pureté du climat ne sont troublés que par le mistral, vent impétueux et froid ; mais quand il ne souffle pas, les jours d'hiver ressemblent à nos beaux jours de printemps. Je puis vous en parler par expérience, puisque je vous écris mes croisées ouvertes, et cependant nous touchons à la mi-décembre.

» Nous prendrons le 16 le bateau à vapeur qui nous conduira à Gênes.... je ferai mon possible pour vous écrire de cette ville...... Je voudrais déjà avoir mis le pied sur le sol de la belle Italie. C'est ainsi que, par une inconséquence inexplicable, tout en nous plaignant que la vie est courte, nous voulons toujours empiéter sur l'avenir ! et quand il sera devenu pour nous le présent, nous aurons hâte qu'il tombe dans le gouffre du passé !......

» Adieu, adieu, bonne mère, partout et en tous lieux je pense à vous ; je vous aime.

» Votre respectueuse fille,

» JOSÉPHINE. »

LETTRE III.

Civita-Vecchia, le 19 décembre.

« Le jour de notre départ de Marseille, le temps était magnifique, et nous eûmes bientôt laissé derrière nous cette forêt de mâts qui remplit le port de cette ville; nous passâmes devant Toulon, les îles d'Hières, Nice, et nous arrivâmes à Gênes au bout de trente heures.

» Avant de vous parler de Gênes, je vous dirai un mot de Nice.

» Nice, comme Marseille, a été fondée par les Phocéens : ces heureux navigateurs, voyant que leur colonie s'accroissait considérablement, s'étendirent le long de la côte, et ayant trouvé sur le *Var* un endroit fort agréable, y fondèrent cette

ville. Le comté, dont elle est la capitale, quoiqu'entrecoupé de hautes montagnes, fournit des
vers à soie, de l'huile et des fruits délicieux. Sa
situation, son climat, son air pur et salubre y
attirent beaucoup d'étrangers et surtout beaucoup
de malades; cependant on dit que le voisinage des
montagnes nuit à l'égalité de sa température.

» Telle était du moins la croyance du docteur
qui soignait le marquis à Paris, et c'est pour cela
que nous avons préféré aller à Rome, où Emmanuel trouvera d'ailleurs le genre d'émotions qui
peuvent seules opérer en lui une secousse morale.....

» En arrivant à Gênes, j'ai été frappée de l'admirable aspect qu'elle présente. Vue de la mer,
elle offre un vaste amphithéâtre, et quand on y
parvient par terre, elle se montre à l'horizon
couchée au fond de son golfe avec la majesté d'une
reine; son port est formé par deux môles opposés,
entre lesquels passent les vaisseaux; protégée par
la nature, elle est aussi défendue par l'art; et
cependant elle a été prise plusieurs fois. Peu d'états
en Europe ont éprouvé tant de révolutions suc-
cessives que celui de Gênes. Cédé au Piémont en
1815, il est à croire que s'il a perdu cette indépendance qu'il avait payée si cher, il trouvera en
échange la tranquillité et partant le bonheur.

» Ses environs sont jonchés de palais revêtus

de marbre, et ce qui explique le luxe presqu'incroyable de ces magnifiques résidences, c'est que les lois somptuaires de la république qui défendaient naguère de donner des fêtes, de s'habiller de velours et de brocard, et de porter des diamants, ne s'étendaient pas au-delà des murs de la capitale. C'était donc à la campagne que s'était réfugié le luxe de ces orgueilleux et turbulents républicains.

» Gênes, surnommée la Superbe, est remarquable par la beauté de ses palais et de ses églises. La cathédrale est brillante de marbre ; l'église de l'Annonciade est toute brillante d'or, et celle de Saint-Siro le lui cède à peine en éclat et en richesse. Les palais et les églises offrent aux connaisseurs des tableaux des plus grands maîtres et de superbes statues.

» Du reste il faut bien le dire, les rues sont étroites, montueuses, humides, l'air y pénétrant à peine, à cause de l'élévation des maisons ; aussi fut-ce avec un spirituel à-propos que Charles en partant, lui appliqua ces vers du marquis de Boufflers ·

> Fort content d'ajouter
> Au bonheur de l'avoir vue,
> Le plaisir de la quitter.

» Gênes a produit deux illustres marins : André

Doria et Christophe Colomb..... Cet homme extra-
ordinaire aimait ses concitoyens, et désirait qu'ils
fussent les premiers à jouir de ses découvertes;
mais les Génois regardèrent sa proposition comme
celle d'un homme à projets, ils la rejetèrent, et
perdirent à jamais l'occasion de rendre à leur république son ancienne splendeur. Pour les états,
comme pour les particuliers, il est un moment
qui décide de leurs destinées, et qui une fois
passé, ne revient plus.

» Quinze jours après notre départ de Gênes, nous
étions à Livourne où nous ne séjournâmes que quelques heures. A peu de distance de cette ville, se
trouve l'île d'Elbe [1], devenue célèbre par le court
séjour qu'y fit l'empereur après l'abdication de
Fontainebleau, mais qui du reste n'offre rien de
remarquable. La traversée fut assez pénible, aussi
nous arrivâmes à Civita-Vecchia extrêmement fatigués. Emmanuel pouvait à peine se soutenir;

[1] C'est de cette île que le Lion de la Corse, après avoir
rompu sa chaîne, s'élança sur le continent pour reconquérir
seul un empire.

Débarqué près de Fréjus le 20 mars 1815, Napoléon foule
de nouveau le sol français; son apparition tient du prodige. Il
peut s'appliquer ce mot de César : *veni, vidi, vici*; je suis
venu, j'ai vu, j'ai vaincu; mais tout d'un coup son étoile a
pâli, elle tombe, et voilà ce dominateur des nations que l'on
emmène captif sur un rocher brûlant de l'Atlantique, où il
finit obscurément (le 5 mai 1821) sa prodigieuse carrière.

une bonne nuit lui a rendu un peu de force ;
pour moi, je me délasse en vous écrivant, chère
maman ; quand l'esprit est occupé et satisfait, le
corps s'appesantit moins sur toutes ses misères.

Civita-Vecchia est une petite ville située sur le
bord de la mer Adriatique ; elle doit son origine
et son port à l'empereur Trajan, et fut fortifiée par
Urbain viii. L'eau y est détestable et l'air malsain
pendant l'été, ce qui est cause qu'elle n'est pas
très-populeuse. C'est cependant une ville épisco-
pale et la résidence d'un gouverneur. Son arsenal
est assez beau, et c'est là que sont les galères du
pape. Quoiqu'en ait pu dire un trop célèbre pu-
bliciste moderne, je crois que nulle part la charité
envers les criminels n'est portée aussi loin que
dans les états de l'église, à en juger par le bagne
de Civita-Vecchia. Plusieurs centaines de galériens
sont employés à une fabrique d'étoffes de coton,
d'autres travaillent aux salines où exercent leur
primitive profession. Une partie de l'argent qu'ils
gagnent est déposée dans une caisse pour leur être
remise quand leur temps sera expiré. Cette paternelle et sage disposition empêche qu'au jour de
la délivrance ils ne se trouvent sans ressources et
ne commettent de nouveaux crimes. Ce qui tend
surtout à les prévenir, ce sont les touchantes
instructions que ne cessent de leur faire cinq religieux qui se dévouent à leur service. Les soins

affectueux et les paroles de ces bons pères viennent tout dernièrement encore d'en ramener un grand nombre à la vertu.

» Je tiens ces particularités de Charles qui, dans un noble transport de philantropie, a été visiter ces malheureux, et m'a transmis ces détails à la condition expresse que je vous les communiquerais, ne doutant pas qu'ils ne soient de nature à vous intéresser.

» Demain nous quitterons Civita-Vecchia, et nous nous dirigerons vers la capitale du monde chrétien. Je suis si heureuse de toucher au but tant désiré de notre voyage, que j'en *radotte* et répète sans cesse : Rome,.... Rome.... je vais donc te voir, m'agenouiller sur les pavés bénis de tes basiliques, contempler toutes tes merveilles !... Et puis mon cœur bat avec une vitesse inaccoutumée, et semble vouloir s'échapper de sa prison de chair qui le retient captif, pour s'envoler vers la ville éternelle !

» Chère mère, vous souriez de mes folies ; mais vous me connaissez trop bien pour vous en étonner !

» Je vous embrasse avec la plus vive tendresse.

» Pour la vie votre respectueuse fille,

» JOSÉPHINE. »

20

LETTRE IV.

DE LA MÊME A LA MÊME.

Rome, 25 janvier 1841.

« Comment vous peindrai-je, bien chère maman, toutes les impressions de mon âme, en traversant cette campagne de Rome, si différente des environs de nos grandes villes, et dont le caractère mélancolique convient si bien à cette grande cité, exceptionnelle de toutes les manières?

» En effet, la ville théologique ne doit-elle pas être comme un monastère entouré d'un enclos paisible? La ville hospitalière qui tient à offrir à toutes les grandes infortunes (celles du cœur comme celles du trône); une retraite pleine de majesté et de tendresse; la ville des ruines enfin, qui n'a pas seulement des musées, mais qui est elle-même

un musée gigantesque, ne serait-elle pas très-mal
à l'aise, si des foyers de population, avec tous les
mouvements qu'ils entraînent, se multipliaient à
ses pieds? seraient-ils en harmonie avec cette reine
des cités qui est empreinte d'une solennelle tristesse, comme cette banlieue en repos qui a la
majesté du désert sans en avoir l'âpreté, et dans
laquelle on ne rencontre guère que des troupeaux,
des aigles et des tombeaux ?

» Aussi, comme en traversant ces lieux solitaires, l'esprit s'élève à de grandes et sérieuses
pensées. Ils lui apparaissent comme le vaste cimetière des agitations et des pompes de l'ancienne
Rome, et cette vaste étendue de prairies, dans
laquelle aucun bruit ne vient retentir, lui semble
admirablement enceindre le grand cloître de la
chrétienté.

» Nous sommes entrés à Rome par la porte
Cavalligiera. Il était déjà tard, et notre malade
se trouvant très-fatigué, nous donnâmes ordre au
postillon de nous arrêter au plus prochain hôtel.....

» Nous avons tous passé une nuit fort agitée,
et dès le lendemain matin Charles et moi, guidés
par un officieux cicérone, nous sommes dirigés
vers cette admirable basilique, que tous les arts
ont contribué à embellir, et où les artistes les
plus remarquables ont à l'envi développé leurs
talents. C'est nommer l'église de Saint-Pierre, le

chef-d'œuvre de l'Italie, la merveille du monde.
Notre cicérone nous a fait, avec une prolixité tout
italienne, l'histoire de cette superbe basilique,
je vais essayer d'en faire un résumé, en éloignant
avec soin tous détails inutiles.

» La basilique de Saint-Pierre est située à
l'extrémité nord-ouest de Rome, au delà du Tibre ;
au pied du mont Vatican, vers l'endroit où étaient
les jardins de Néron et l'ancienne voie triomphale.
Constantin-le-Grand avait fait bâtir à cette même
place, dès le quatrième siècle de l'ère chrétienne,
une église considérable, et qui était élevée sur
les reliques de saint Pierre et de saint Paul ; mais
quoique d'une belle architecture, elle cessa, à
l'époque de la renaissance, d'être en harmonie
avec le Vatican et les autres monuments que le
génie de ce temps élevait sur différents points
de Rome. Le projet de la reconstruire sur des
bases toutes nouvelles, préoccupa le pape Nicolas v ;
l'honneur de poser la première pierre de la nouvelle basilique après l'entière démolition de l'ancienne, appartient à Jules ii.

» Le dessin de Bramante, adopté par cet illustre
pape, fut mis à exécution avec une hardiesse et
une impétuosité dont l'artiste et le pontife étaient
seuls capables. Malheureusement les proportions
du plan de Bramante n'avaient pas été bien com-
binées, de sorte que le seul poids des voûtes,

ayant fait fléchir de toutes parts les supports,
l'édifice menaça ruine avant d'être parvenu à moitié
de l'élévation qu'il devait avoir. Le Bramante
mourut assez à temps pour ne pas avoir la douleur
d'assister à la chute de son ouvrage, et aux changements de ses projets.

» Paul III, ayant succédé à Jules II, confia le
soin d'achever Saint-Pierre à l'immortel génie
de Michel-Ange, et bientôt on vit s'élever dans
les airs cette admirable coupole qui suffirait à elle
seule pour immortaliser celui qui en eut la pensée,
et pour rendre à jamais célèbre la ville qui la
renferme. Cependant la construction de l'église
de Saint-Pierre ne devait s'achever que sous
Paul V.

» Michel-Ange ayant négligé d'introduire dans
l'ensemble du majestueux édifice certaines pièces
relatives à la liturgie chrétienne, le souverain
pontife chargea Charles Maderne de réparer ces
graves omissions. En conséquence, l'habile architecte allongea de trois arcades de la même hauteur,
de la même ordonnance et de la même élévation
de voûtes que celles de Michel-Ange, la partie
orientale de la croix grecque, que formait l'édifice,
et présenta un dessin tout-à-fait nouveau du
portique, attendu que dans celui de Michel-Ange,
ce grand artiste avait oublié la place de la loge
extérieure d'où le pape, selon les rites les plus

anciens, donne au peuple de Rome et à tout l'univers la bénédiction connue sous le nom *Urbi
et orbi.*

» De tous ces changements nécessaires, sans
doute, il résulte que Saint-Pierre de Rome n'a
pas cette unité que voulait lui donner Michel-Ange.
La longueur de la grande nef nuit à l'effet de
la coupole; l'œuvre du grand artiste est restée,
mais sa pensée a disparu. Néanmoins le travail
de Charles Maderne a tant de majesté et l'église
est si admirable dans toutes ses parties, qu'on
oublie bien vite ce défaut qui plane sur l'ensemble.

» En l'an 1614, tous les travaux furent enfin
achevés et l'église fut ouverte au peuple de Rome,
à peu près telle qu'on peut la voir aujourd'hui.

» Après avoir esquissé, chère maman, l'histoire
de l'église de Saint-Pierre, je vais aussi m'efforcer
de vous retracer celle de la place qui la précède,
et la colonnade qui a été élevée autour de cette
place. Les deux monuments s'étant confondus au
point de n'en faire qu'un seul.

» Ce fut le pape Alexandre VII qui, au milieu
du dix-septième siècle, conçut l'idée de décorer
d'une manière aussi grande que magnifique les
avenues de la basilique du Vatican.

» Il confia son projet au chevalier Bernin et
le chargea de l'exécuter. Celui-ci donna à son exé-

cution une merveilleuse grandeur. La colonnade
de Saint-Pierre qui porte indifféremment ce nom
ou celui du Bernin qu'elle a pour toujours illus-
tré, forme un immense portique à quatre rangées
de colonnes, qui vont rejoindre en demi-cercle
la façade de l'église, et lui donnent une largeur
analogue à son immense profondeur. Sous cette
admirable colonnade s'étend une galerie couverte
qui est couronnée par une balustrade sur laquelle
sont placées cent statues de saints martyrs, de
fondateurs d'ordres, et d'espace en espace les
armes des souverains pontifes qui ont fait travailler
à sa construction.

» Au milieu de la place Saint-Pierre s'élève
un grand obélisque de granit rouge surmonté d'une
croix : il y avait été transporté par les ordres
du pape Sixte v, bien avant qu'on songeât à construire l'avenue du Bernin. De chaque côté de
l'obélisque jaillissent deux majestueuses fontaines
qui complètent richement la décoration, soit qu'on
les considère pendant le jour, quand les rayons
du soleil brisés dans leurs eaux y forment de
brillants arcs-en-ciel, soit qu'on vienne pendant
la nuit y contempler la blanche image de la lune,
et chercher les pieuses rêveries que font naître
leur murmure perpétuel [1].

1 Cet obélisque, transporté par Caligula d'Alexandrie à Rome,

» L'impression causée par la vue de la basilique de Saint-Pierre ne répond pas, il faut bien

était resté debout dans le cirque de Néron, quand Nicolas IV
conçut l'idée de le faire élever sur la place de Saint-Pierre.
La mort l'ayant surpris avant la réalisation de ce projet,
ce ne fut que trente ans après qu'il fut exécuté. Sixte-Quint
occupait alors le trône pontifical. Doué d'un caractère entreprenant et ferme, tel que le demandait le gouvernement de
l'église, tourmentée alors par de furieuses tempêtes, ce pontife
ne fut peut-être pas fâché de prouver à l'Europe que ce qui
avait embarrassé ses prédécesseurs n'était pas capable de l'arrêter, et afin d'ajouter cet ornement à la place de Saint-Pierre,
il appela à Rome les plus fameux mécaniciens de toute l'Italie
et même de la Grèce, et chargea une commission d'examiner
tous leurs plans. Après y avoir mûrement réfléchi, elle adopta
celui de Dominique Fontana. Le 15 avril 1586, l'obélisque fut
enlevé de deux palmes au-dessus de son piédestal ; le 7 mai il
fut incliné vers la terre, et malgré le peu de longueur du trajet,
on eut ensuite besoin de quatre mois pour le transporter sur
la place où il devait être érigé. Enfin le 10 septembre, à l'aide
de quarante-quatre machines que faisaient mouvoir huit cents
hommes et cent cinquante chevaux, il fut élevé d'un mouvement égal et posé perpendiculairement sur d'énormes barres de
fer qui le tenaient dans son point d'appui. Ce fut l'affaire de
cinq heures de temps. Cette merveilleuse opération, dont le
bruit du canon et des cloches annoncèrent la réussite glorieuse,
avait été cependant sur le point d'échouer. Fontana s'étant
trompé dans les mesures relativement aux cordes, on ne serait
pas parvenu à relever l'obélisque, si un marin génois du nom
de Bresca, prévoyant ce qui allait arriver, ne se fût écrié,
malgré la défense qui en avait été faite, *acqua alle funi !* de
l'eau sur les cordes ! et n'eût par là donné à l'architecte l'idée

l'avouer à l'idée qu'on se fait de son étendue, et ce n'est qu'en la visitant dans tous ses détails que l'on reste convaincu de son immensité. Alors elle devient comme une vaste cité où l'on se plaît et à laquelle les mœurs, les usages de ses habitants impriment un cachet particulier dans les différents contrastes qu'ils offrent aux regards.

» L'on voit de pauvres paysans, chargés de leur bagage, prosternés sur ce pavé de marbre et devant ces autels étincelants d'or et de pierreries : ici un pénitent, armé d'une longue baguette, frappe légèrement sur la tête des fidèles qui s'agenouillent devant lui, et font par là une espèce d'expiation publique.

» Un peu plus loin, ce sont des confréries rangées avec ordre ou d'autres religieux qui font leurs stations, tandis que retentissent les chants graves des prêtres célébrant l'office dans la chapelle du chœur, et que le mugissement de l'orgue se perd dans les replis de la vaste basilique, ou se confond avec la sonnerie lente et harmonieuse de ses cloches qui se balancent dans les airs. D'autres fois, Saint-Pierre est un vaste et silencieux désert, et tel il s'est présenté à nous : ce soir, n'ayant pu

de les mouiller et le moyen de les resserrer. Ce capitaine obtint en récompense, pour lui et ses descendants, le privilège de fournir de rameaux les églises de Rome, le dimanche qui précède le jour de Pâques.

21

y mener le marquis à l'heure si matinale que nous
avions choisie pour nous y rendre, nous y sommes
retournés avec lui.

» Les purs rayons du soleil couchant éclairaient
et pénétraient de leurs feux dorés le fond dia-
phane du temple et venaient frapper ces admirables mosaïques, copies impérissables des chefs-
d'œuvre de la peinture.

» Quelques artistes cherchaient dans le silence
de la contemplation à pénétrer les mystérieux
secrets qu'elles renferment.

» Quelques étrangers troublaient seuls par
leurs exclamations admiratives la paix de la Maison
de Dieu; et un brave homme, surpris par le sommeil dans la ferveur de sa prière, dormait étendu
sur un banc [1].

» Emmanuel, après avoir parcouru en silence une
petite partie de ce gigantesque édifice, s'agenouilla
devant la chapelle *della madona* avec un respect si
marqué, que Charles et moi en fîmes autant; mais
en ayant soin de nous tenir assez éloignés de lui
pour ne pas troubler la ferveur de sa prière.

[1] A l'exception du dôme de Milan, de Saint-Pierre de Rome,
de Saint-Marc de Venise, et de quelques autres basiliques, les
églises d'Italie sont ordinairement fermées vers le milieu du
jour. Cet usage contrarie les étrangers, dont les visites deviennent très-importunes aux pieux fidèles qui remplissent les lieux
saints pendant les heures de la matinée.

» Tout-à-coup nous le vîmes se lever précipitamment, puis s'élancer vers nous, et nous entraîner vers la chapelle en nous montrant du doigt l'admirable statue de la madone : Voyez, regardez, nous dit-il, jugez ! n'est-ce pas Amélie, Amélie elle-même, avec ses traits ravissants, son angélique physionomie ?....... et succombant sous le poids de ses impressions, le malheureux époux tomba évanoui entre les bras de mon mari. Quand il revint à lui, il versa d'abondantes larmes et pria longtemps encore.

» Et moi je ne pouvais détourner mes regards de cette merveilleuse figure de la Vierge, dont la ressemblance frappante avec celle d'Amélie venait de produire sur Emmanuel un effet si prodigieux [1].

» Cependant le soleil avait disparu, les lampes du sanctuaire éclairaient seules les saints parvis : il fallait songer à s'arracher de ces lieux bénis.

» Je m'approchai d'Emmanuel ; il me comprit, et après avoir jeté un dernier regard sur la madone, il me suivit avec la docilité d'un enfant. Ses yeux avaient perdu leur effrayante immobilité, et quand, rentrés à l'hôtel, nous l'engageâmes à

[1] La chapelle *della madona*, dite encore *grégorienne*, de son fondateur le pape Grégoire x, est du dessin de Michel-Ange. On y vénère sur l'autel le corps de l'immortel saint Grégoire de Nazianze.

goûter un peu de repos : « Du repos, nous dit-il,
oh ! je n'en ai plus besoin ! j'ai retrouvé Amélie !
j'ai peur au contraire que le sommeil ne me la
fasse perdre.

» — Non, lui répondis-je, en priant Marie,
vous la retrouverez. Il sourit alors, et d'une voix
pénétrante me dit : « Vous avez raison, Joséphine,
et pour ne plus la quitter, je veux, s'il plaît à
Dieu de prolonger encore mon existence, la lui
consacrer à jamais dans un de ces ordres dévoués
au service de la Reine du ciel......... O Amélie......
je ne t'ai pas assez aimée, assez appréciée sur
la terre......... je veux du moins te revoir dans
les cieux.........

» En prononçant ces paroles, son visage était
enflammé, ses regards rayonnaient d'espérance....
Nous ne savions s'il était en proie au délire de
la fièvre, ou bien animé d'une sainte ardeur. Dans
cette cruelle incertitude, nous nous taisions, craignant que nos paroles ne vinssent redoubler ses
transports.... Cependant, s'apercevant de notre
embarras, « Ne craignez pas de me quitter, nous
dit-il.... je ne serai plus seul désormais, mon
Amélie m'est rendue ! » Puis il se leva et rentra
dans sa chambre où Charles le suivit....

» Quant à moi, j'ai eu à m'imposer une bien
violente contrainte pour ne pas commencer ma
lettre par cette nouvelle inattendue ; mais j'ai pré-

féré vous rendre les faits dans leur ordre naturel.
Seulement, comme je suis accablée de lassitude,
je n'achèverai cette longue épître que demain.....
au revoir donc, bonne mère !

» Charles vient de me dire qu'il allait de nouveau accompagner le marquis à Saint-Pierre......
n'osant pas le laisser aller seul. Le voir donner des
témoignages aussi réitérés d'une sensibilité qui
paraissait être à jamais éteinte en lui, nous cause
une telle joie que c'est à peine si nous osons y
croire, et nous craignons toujours..... Pauvre cœur
humain, que tes impressions sont mobiles, que
tu es ingénieux à te tourmenter ! Ah ! c'est que le
bonheur est ici-bas chose si fugitive, qu'il nous
échappe alors que nous croyions le saisir......

» Revenons à notre admirable basilique dont
l'intérieur est décoré avec une profusion d'ornements qui ne sont pas du goût le plus pur, mais
qui, dans l'ensemble, forment un tout des plus
grandioses. On y voit les tombeaux de tous les
papes qui se sont succédés sur le trône pontifical
depuis sa construction ; des groupes de marbre,
dus au ciseau des Michel-Ange, des Bernin, des
Canova, remplissent les nombreuses chapelles dis-
posées çà et là dans les nefs. D'admirables mosaïques, des fresques dues au pinceau de Giotto et
des meilleurs peintres de la renaissance, ornent
le portique ; enfin l'église de Saint-Pierre est non-

seulement la plus belle de toutes les églises, mais c'est encore le plus complet de tous les musées.

» Quand on songe que Saint-Pierre et sa fameuse colonnade ne sont qu'une partie de cet immense monument qu'on appelle le Vatican, et qui contient des palais, des églises, une ville entière dans une autre ville, on est frappé d'admiration, et on reconnaît tout ce que le génie des souverains pontifes avait de puissance et de majesté. Rome a été la mère des peuples, non-seulement en les menant dans les voies du salut éternel, mais encore en faisant renaître parmi eux les arts et la civilisation.

» J'espérais trouver ici une lettre de vous; mon mari est allé à cet effet à l'ambassade, mais il est revenu les mains vides, et mon cœur s'est gonflé en pensant à la distance qui nous sépare; aux évènements qui peuvent nous atteindre; aux malheurs qui sont peut-être près de fondre sur nous, sans que nous puissions mutuellement ni les parer, ni les connaître qu'après bien des jours écoulés... Oh! non, vivre loin de ceux qu'on aime, ce n'est point vivre...... Nulle joie n'est entière, nul bonheur complet......

» Depuis que le marquis est *mieux*, je me sens beaucoup plus *mal*..... et s'il allait tout-à-fait bien, il me faudrait retourner vers vous, ou je me consumerais de chagrins..... Une mission toute de charité a pu seule me décider à vous quitter ; dès qu'elle cessera, je volerai vers vous.... ma bonne mère, adieu, adieu.... Aimez toujours votre tendre et respectueuse fille,

JOSÉPHINE. »

LETTRE V.

Rome, 30 janvier.

« J'ai reçu aujourd'hui, chère maman, votre si bonne lettre, et je vous avouerai que je n'ai pu m'empêcher de sourire en lisant cette recommandation dictée par des craintes toutes maternelles, « Ne va pas aux catacombes.»; calmez-vous, mère chérie, je n'irai pas.... car.... s'il faut tout vous dire.... j'y suis allée, et grâce à Dieu, nous n'avons pas, (comme le jeune homme dont Delille a si admirablement décrit les angoisses), perdu le fil qui conduisait nos pas. Cependant, vous l'avouerai-je, le désir, que j'éprouvais de parcourir ces vastes et mystérieux domaines de la mort, avait été quelque temps comprimé par la crainte que mille effrayants récits avaient fait naître en moi, et dont la vérité *historique* était bien de nature à troubler le cœur d'une faible femme !.... Un Suédois, m'a-t-on assuré, ayant voulu tout récemment aller avec sa jeune épouse au-delà du terme que lui fixait son guide, n'a jamais reparu. Une douzaine d'écoliers, échappés à la surveillance de leur maître, s'y étant imprudemment engagés ont éprouvé le même sort ; et il y a fort peu de jours, que bon nombre de voyageurs, après avoir erré longtemps dans ces solitudes sépulcrales, ne s'en sont tirés que parce qu'ils ont eu le bonheur d'entendre des ouvriers qui y travaillaient par hasard, si toutefois on peut se servir de ce mot dans cette rencontre providentielle. J'abrège, chère maman, pour en venir au fait, ma visite aux catacombes de Saint-Sébastien.

» C'est hier seulement que Charles, le marquis de L. (dont la santé se remet visiblement) et moi, les avons explorées, après une courte et fervente prière dans la basilique dont elles tirent leur nom ; on y descend par un escalier étroit et difficile. Elles ont plusieurs milles d'étendue et forment des galeries qui, creusées dans la terre ou dans le sable, se partagent en plusieurs branches, se coupent dans tous les sens et composent un labyrinthe, dont on se tirerait difficilement, si on s'y engageait sans un guide expérimenté.

» Ces galeries ont trois ou quatre pieds de largeur seulement, et ordinairement six à sept de hauteur. A quelle époque et par quels motifs ont-elles été creusées? c'est ce que l'on ne saurait préciser ; mais il est fort probable que ces souterrains sont l'ouvrage des Romains qui les creusèrent dans l'intention d'en tirer la terre qu'on a depuis appelée Pouzzolane, terre qui est excellente pour bâtir, et dont ils faisaient un grand usage dans les édifices de tous genres qu'ils élevaient alors avec profusion.

» Les chrétiens trouvèrent ces souterrains tout faits, les regardèrent comme une ressource que leur avait préparée la Providence ; ils les agrandirent encore ; ils s'y cachèrent et y prièrent ensemble ; ils y enterrèrent aussi leurs morts, afin que les corps des saints ne restassent pas mêlés avec ceux des infidèles ; et les catacombes leur servirent ainsi tout à la fois d'asile, d'oratoire et de cimetière !

» Ce qui rend la visite des catacombes si dangereuse, c'est leur étendue et leur irrégularité ; il s'y fait aussi des éboulements qui en ferment le retour, et comme je vous l'ai dit plus haut, chère maman, plusieurs personnes ont été, tout dernièrement encore, victimes de leur curiosité.

» Heureusement, nous n'avons pas été de ce nombre, et il nous reste la gloire d'avoir affronté

le péril, sans y avoir succombé. Ainsi ce qui eût
été qualifié en nous de témérité, si quelque accident était venu arrêter notre course dans ces té-
nébreuses régions, sera peut-être regardé comme
un acte de courage.

» Pauvres jugements humains, que vous reposez
sur des bases mouvantes et fragiles !... et cependant nous sommes assez fous pour nous en pré-
occuper...... les craindre comme s'ils changeaient
en rien la nature de nos actions......

» Revenons aux catacombes. Il me semble que
l'on pourrait définir par un seul mot la Rome souterraine, en l'appelant l'ossuaire sacré du christianisme.

» Je ne saurais vous dire, chère maman, à
quel point j'ai été émue quand je me suis trouvée
au milieu de cet immense cimetière, le plus
illustre de la chrétienté........

» J'osais à peine respirer........ et ne vous en
étonnez pas, l'enfant le plus dissipé ne se recueille-
t-il pas lorsqu'on le mène prier sur les tombeaux
de sa famille?

» Les catacombes ne sont-elles pas, pour la
grande famille catholique, le caveau des ancêtres
visiblement situé sur les limites des deux mondes,
mais aux portes mêmes du ciel? Toute pensée
y devient dès-lors, ou un grand souvenir ou une
grande espérance.

» Aussi les âmes pieuses y éprouvent non pas
de simples sentiments, mais pour ainsi dire des
sensations de foi, comme si elles entendaient derrière ces murs de tombes des voix qui leur parlent
et qui les appellent.

» La source des sentiments pieux que les catacombes ont inspirés à leurs pélerins des siècles
passés, coule toujours avec la même abondance,
semblable à la fontaine des grottes pontiennes qui
n'a jamais tari.

» Les cœurs chrétiens la retrouvent bien vite
à leur entrée dans ces saints lieux, et je puis
vous assurer, chère mère, que l'impression que
j'ai ressentie en visitant ce séjour du silence et
de la mort, et celle que j'en conserve, sont plus
vives et plus profondes qu'aucune de celles que
m'ont laissées les ruines et les monuments que
j'ai contemplés à Rome avec le plus d'admiration.

» Adieu, chère maman, je ne veux pas terminer cette longue épître sans vous avoir renouvelé l'assurance de ma respectueuse tendresse.

» Votre JOSÉPHINE. »

LETTRE VI.

Rome, 20 février.

« Si je voulais, chère maman, vous décrire
toutes les merveilles antiques et modernes que
renferme la ville de Rome, ce ne sont point des
lettres que je vous adresserais, mais de véritables
in-folio que vous auriez, je crois, beaucoup de
peine à déchiffrer : aussi je préfère me réserver
le plaisir de vous donner de vive voix tous les
détails que vous pourrez souhaiter.

» Cependant je ne veux pas différer à vous
parler du Colisée, où nous venons de faire le
chemin de la Croix. Le séjour de la ville sainte
a déjà eu sur mon mari les plus heureuses influences ; il m'accompagne partout où la piété

conduit mes pas, et vraiment je commence à
croire qu'après lui avoir montré la voie, c'est moi
qui aurai de la peine à l'y suivre.

» Quant au marquis, il ne semble plus appartenir à la terre depuis son extase à Saint-Pierre,
et l'ardent désir qu'il a de vivre pour devenir
digne de rejoindre son Amélie dans les cieux,
semble lui donner des forces surnaturelles. Il
n'est préoccupé que d'une chose, le choix de
l'ordre dans lequel il veut entrer. Ceci me paraît
un rêve pieux, car sa santé, bien que meilleure,
est loin d'être entièrement rétablie. Il est vrai que
sa foi est si vive, sa charité si ardente, qu'il finira
peut-être par surmonter tous les obstacles qui
semblent s'opposer à la réalisation de son vœu le
plus cher.

» Me voici bien loin du Colisée; pardonnez-
moi, chère mère, mes continuelles digressions,
votre indulgente bonté m'y encourage, et je m'y
laisse aller avec un abandon tout filial.

» Le Colisée représente la Rome ancienne,
comme la Rome nouvelle et chrétienne : il n'est,
en aucun lieu du monde, de monuments qui parlent un langage plus varié et plus vif à l'âme.

» L'histoire du Colisée montre les changements
divers de la société depuis près de dix-huit siècles :
Cirque magnifique de gladiateurs sous Titus ; arène
des martyrs sous Dioclétien, il devint au moyen-

âge un poste militaire, une espèce de redoute
que se disputaient deux familles rivales, et servit
de lice aux brillants tournois des chevaliers.

» A la fin du quatorzième siècle, plus maltraité
par la civilisation renaissante qu'il ne l'avait été
par les barbares, il devint une espèce de carrière d'où l'on extrayait tour à tour le marbre,
les pierres ou le bronze qui servirent à la construction de nombreux et somptueux palais.

» Cette démolition que l'on pourrait traiter de
vandalisme fut arrêtée par le pape Clément x qui,
dans le dessein de conserver cet admirable amphithéâtre aux arts et de le faire servir à la gloire
de notre sainte religion, fit construire autour
de l'arène quatorze autels découverts, en mémoire
des mystères de la Passion, et au milieu on vit
bientôt s'élever une chapelle sous la touchante
invocation de Notre-Dame de Pitié.

Dans la suite Benoît xiv ajouta quelques ornements à l'ouvrage de Clément x, et accorda de
nombreuses indulgences à ceux qui viendraient y
faire le chemin de la Croix.

» O Croix tutélaire ! si tu n'avais pas été plantée
sur cette arène, on ne verrait plus aujourd'hui
une seule pierre du Colisée, et le voyageur étonné
chercherait vainement la place où était ce monument, sur la durée duquel les Romains qui
l'élevèrent comptaient tellement qu'ils disaient en

forme de proverbe : que quand le Colysée tomberait, Rome tomberait, et que quand Rome
tomberait, le monde s'écroulerait aussi.

» Vous me demandez, chère maman, dans votre
dernière missive, de vous donner une idée de
la confrérie de la Miséricorde, dont un italien,
ami intime de mon père, avait fait longtemps partie.
Elle n'existe pas à Rome, mais à Florence ; et un
toscan qui demeure dans notre hôtel, a bien voulu
me donner des détails que je vais vous transmettre.

» La confrérie de la Miséricorde, une des plus
belles institutions qui existent au monde, a été
fondée en 1244 à l'occasion des fréquentes pestes
qui désolèrent le treizième siècle. Elle s'est perpé-
tuée jusqu'à nos jours sans aucune altération, sinon
dans toute sa forme primitive, du moins dans son
esprit.

» Le siége de cette confrérie est place du
dôme [1]. Chaque frère y a, marquée à son nom,
une cassette renfermant une robe noire pareille
à celle des pénitents, avec des ouvertures seulement aux yeux et à la bouche, afin que sa bonne
action ait encore le mérite de l'incognito. Aussitôt
que la nouvelle d'un accident quelconque parvient
au frère qui est de garde, la cloche d'alarme sonne,
selon la gravité des cas, un, deux, ou trois coups,

---

[1] On nomme ainsi une des belles églises de Florence, et
généralement toutes les cathédrales d'Italie.

et au son de cette cloche tout frère, quelque part qu'il se trouve, doit se retirer à l'instant même, et courir au rendez-vous. Là, il apprend quel est le malheur qui l'appelle, ou la souffrance qui le réclame, revêt sa robe, se coiffe d'un grand chapeau, prend un cierge à la main et va partout où une voix gémit.

» Si c'est un blessé, on le porte à l'hôpital. Si c'est un mort, on le dépose à la chapelle. Grand seigneur et homme du peuple, vêtus de la même robe, s'attachent à la même litière, et le même chaînon qui réunit ces deux extrémités sociales est un pauvre malade qui, ne les connaissant ni l'un ni l'autre, prie également pour tous deux !

» Il y a à Rome une confrérie aussi ancienne que celle de la Miséricorde de Florence et digne de lui servir de pendant : c'est la confrérie de la Mort et de la Prière ; elle a pour fin de procurer la sépulture aux habitants de la campagne, assez malheureux pour mourir loin de tout secours, et dans un abandonnement complet, et compte dans ses rangs les hommes les plus marquants de la cité. Aussi modestes que généreux, aussi humbles que charitables, ces confrères se couvrent d'un sac de pénitent, et trompant ainsi tous les regards, se dévouent tout entiers sous l'OEil de Dieu seul à leurs œuvres de miséricorde. On raconte qu'en 1598, sous le pontificat de Clément VIII, après

22

une inondation qui avait emporté deux arcades
du pont triomphal, et étendu au loin ses ravages,
on vit courir ces zélés confrères à la recherche
des cadavres gisants dans la campagne, les enlever, les transporter à Rome, et leur donner la
sépulture........

» Daigne le ciel épargner aux Romains de semblables exemples ! Si cependant il voulait les affliger
un jour, les confrères ne manqueraient point à
leur institut, et l'on verrait en eux le même dévouement.

» Ces Tobie de la loi nouvelle exercent une
œuvre dont on ne sent peut-être pas assez tout
le mérite........ On aime les actions d'éclat, comme
celles qu'offrait l'ancienne Rome, et l'on ne considère pas assez que ces actions, dont la vaine
gloire était le motif, n'ont reçu qu'une vaine
récompense ; tandis que les bonnes œuvres mul-
tipliées à l'infini dans Rome chrétienne, ayant
Dieu seul pour objet, recevront pour prix une
couronne immortelle !

» Charles me presse de terminer ma lettre,
m'assurant que si je tarde encore, elle ne partira
pas. Je vous quitte toujours à regret, bonne mère,
vous le savez, n'est-ce pas ? Néanmoins, je vous en
renouvelle l'assurance et j'y joins celle de mon
respectueux et filial amour.

              » Votre JOSÉPHINE. »

LETTRE VII.

Rome, 10 mars 1841.

« Vous êtes souffrante, malade même, chère
maman, au point de charger notre bon curé de
me donner cette triste nouvelle, et je suis à plus
de trois cents lieues de vous. O mon Dieu, quelles
perplexités, quelles angoisses torturent mon pauvre
cœur !....... Je n'hésite point à partir, Charles
seconde mes désirs, et demain nous quitterons
Rome pour retourner vers vous, ma bonne mère.
Mais avant que je ne sois arrivée à Belmont, que
de moments, que d'heures, que de jours vont s'écou-
ler....... L'inquiétude me dévore, m'accable; parfois elle se change en remords........ et cependant

quand je vous ai quittée, votre santé n'avait
jamais été meilleure........ vous-même, d'ailleurs, ne m'avez-vous pas dit : pars, ma Joséphine, va demander à un climat plus doux les
forces qui te manquent encore. Va, et reviens-moi
éclatante de santé et de fraîcheur !....... Je vous
reviens, ma mère ; oh ! ne me fuyez pas, restez,
vivez pour vos enfants qui vous chérissent, qui
vous consacreront leur vie tout entière !.......
Je dis vos enfants, car si je suis votre fille,
Charles n'est-il pas votre fils ? Oh ! il se montrera
digne de ce titre ; oh ! vivez, vivez pour vous laisser
aimer !.......

» Emmanuel, en apprenant vos souffrances, a été
admirable de sensibilité et d'abnégation. « Partez,
nous a-t-il dit aussitôt ; ne craignez point de me
quitter ; un devoir sacré vous rappelle en France,
quant à moi je reste à Rome, un lien mystérieux
m'y fixe à jamais......... pour des cœurs chrétiens il n'y a point d'infranchissable distance. Dieu
est le centre divin où ils peuvent se donner un
mystique rendez-vous. Il n'en put dire davantage,
sa voix fut étouffée par ses pleurs, et nous,
mêlant nos larmes à ses larmes, nos prières à ses
prières, nous avons gardé pendant quelques
minutes un religieux silence, puis nous l'avons
quitté afin de donner les ordres nécessaires pour
notre départ.

» Adieu, ma bien chère maman, quand pourrai-je vous embrasser autrement que sur ce papier!

» A la vie, à la mort,

» Votre JOSÉPHINE. »

CONCLUSION.

Vers le milieu du mois d'avril, un bruit inaccoutumé retentit tout-à-coup dans la cour du château de Belmont, c'était celui d'une chaise de poste.

Mme Vaudret, tristement appuyée sur le balcon de sa fenêtre, d'où elle recevait les rayons bienfaisants d'un soleil de printemps, tressaillit en entendant le piaffement des chevaux et la voix rauque d'un postillon qui annonçait sa présence par d'énergiques paroles. Avertie par un secret pressentiment, elle voulut s'élancer au-devant des voyageurs dont son cœur lui avait dit le nom, mais elle retomba pesamment sur son fauteuil, ses jambes affaiblies par une longue maladie refusant de la soutenir.

En ce moment, la porte de sa chambre s'ouvrit avec fracas et Joséphine (car c'était elle-même) se précipita dans ses bras qui se refermèrent con-

vulsivement sur elle, comme si la tendre mère
craignant de voir encore sa fille chérie lui échapper,
voulait la retenir sur son cœur où elle la pressait
avec amour !

Puis, ce fut le tour de Charles de donner et de
recevoir les témoignages d'une vive affection, et
l'on peut affirmer en toute vérité que, s'il eût été
donné à un indifférent de contempler cette scène
de famille, il en aurait été ému.

Après ces premiers moments de joie délirante
où l'on rit et pleure tour à tour, Joséphine peignit
à sa mère toutes les inquiétudes que lui avait
données la lettre du bon curé. « Elles n'étaient que
trop fondées, mon enfant, reprit Mme Vaudret,
j'ai été atteinte d'une fièvre typhoïde qui m'a mise
aux portes du tombeau. L'idée de les voir se re-
fermer sur moi, sans t'avoir encore une fois pressée
sur mon cœur, me paraissait si affreuse, que bien
des fois je me serais livrée au désespoir, sans la
pieuse et tutélaire influence de notre excellent
pasteur. Ses paroles, tantôt graves et sévères,
tantôt douces et consolantes, m'ont fait comprendre
combien jusqu'alors j'avais été ingrate envers Celui
qui m'avait *tout* donné et auquel je ne voulais rien
céder, rien rendre. J'ai senti que le Seigneur me
demandait le sacrifice de ma vie ; je le lui ai fait
de bon cœur...... et *lui*, content des dispositions
de mon âme, m'a rendu la santé ; mais le bandeau

qui couvrait mes yeux est déchiré à jamais.... et si je puis encore ressentir quelque joie dans ce monde, ce n'est plus celle si vaine que j'éprouvais à te voir, ma Joséphine, belle, parée, adulée, mais celle si pure de te savoir une pieuse jeune femme, cherchant dans le sein de la religion et de la famille les seules jouissances qu'il soit permis à un cœur chrétien de goûter ! »

Charles et Joséphine, en entendant ces paroles qui faisaient vibrer tous les pieux sentiments de leur âme, se jetèrent aux pieds de Mme Vaudret, et lui promirent de s'efforcer toujours de la rendre heureuse par leurs tendres soins et leur dévouement sans bornes.

A dater de cet heureux jour la plus douce union n'a pas cessé de régner entre Mme Vaudret et ses enfants. Il existe entr'eux une noble émulation dans la pratique de toutes les vertus et de toutes les bonnes œuvres; et Joséphine, devenue mère d'une charmante petite fille qu'elle a nommée Thé-rèse-Amélie, ne cesse de demander au Seigneur de la rendre semblable à la femme angélique dont les conseils et les exemples ont exercé sur elle une si favorable influence !

On lisait il y a quelque temps dans le *Diario di Roma* l'article suivant :

« Un Français de distinction, le marquis de L.
vient d'entrer, sous l'humble nom de Frère Joseph,
dans le couvent des chartreux de notre ville....
Avant de renoncer au monde, il a posé à quelques
milles de Rome la première pierre, sous l'invocation de sainte Amélie, et fondé une maison dont
l'usage doit être de recevoir les pauvres enfants
des laboureurs, qui y trouveront un abri contre
l'intempérie des saisons, une ressource dans leurs
besoins, et une éducation en rapport avec l'humble
position de leurs parents. La direction de cet
établissement sera confiée à de bonnes religieuses
qui jetteront dans l'âme de ces jeunes enfants les
premières semences de la vertu.

» M. de L. a aussi donné une somme considérable à l'Œuvre de la Propagation de la Foi.

» Honneur au noble étranger, dont l'âme toute
catholique a compris que la charité a pour patrie
l'univers, et que pour le chrétien, faire le bien
à ses semblables c'est travailler à son propre bon—
heur ! »

 FIN.

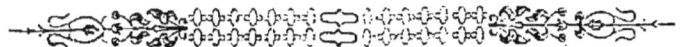

TABLE DES MATIÈRES.

—o+o—

Épitre dédicatoire.   5

Préface.   7

Chapitre premier. Une arrivée aux eaux.   15

Chap. ii. Charles Duvergne.   22

Chap. iii. Histoire du marquis de L.   32

Chap. iv. Une Cavalcade.   59

Chap. v. Promenade dans les bois du Capucin.   54

Chap. vi. Excursions dans les montagnes.   61

Chap. vii. Le voyage.   66

Chap. viii. Récits du voyage.   70

Chap. ix. Sinistre épisode.   81

CHAP. X. L'adieu suprême. 87

CHAP. XI. Madame Vaudret. 95

CHAP. XII. Episode de la guerre de 1812. 97

Joséphine Vaudret à la marquise de L. 114

Réponse de la marquise à Joséphine Vaudret. 116

Deuxième lettre de Joséphine Vaudret à la marquise de L. 122

Deuxième lettre de la marquise à Joséphine Vaudret. 128

Lettre de la marquise de L. à la baronne Vaudret. 137

Réponse de la baronne Vaudret à la marquise de L. 140

Troisième lettre de Joséphine Vaudret à la marquise de L. 142

Dernière lettre de la marquise de L. à Joséphine Vaudret. 145

CHAP. XIII. Mort de la marquise de L. 152

LE MANUSCRIT BLEU.

Amélie et la mère Thérèse. — Celle-ci lui raconte sa vie
et lui remet des notes qu'Amélie rédige sous le nom de
Manuscrit Bleu. 159

CHAPITRE PREMIER. La famille Gouzalès. — Goût de Thérèse pour la retraite. — Ermitage. — Ses parents l'y

surprennent. — Emportement de M. Gonzalès. — Il
détruit l'ermitage. — Tristesse de Thérèse. — Contra-
dictions. — Reproches continuels de Madame Gonzalès
à sa fille. — Souffrances de celle-ci. — On consulte un
médecin. — Il ordonne des promenades à cheval pendant l'été et des bals pendant l'hiver. — Thérèse devient une habile amazone et prend pour but de ses
courses une chapelle de la Vierge. — Calixte réclame
l'exécution de l'ordonnance du docteur. — On se décide à partir pour la ville, malgré les représentations
et les prières de Thérèse. — Un coup-d'œil sur la
capitale du Béarn ; son château et les mœurs de ses
habitants.   165

Chap. ii. Visites réitérées dans les magasins ; emplettes ;
projets mondains. — Invitation de bal chez le comte
d'Aston. — Thérèse se foule le pied en arrivant à
l'hôtel du comte. — On la ramène chez elle. — Mécontentement de Calixte. — Thérèse, guérie de son entorse, accompagne sa mère et sa sœur dans une soirée
dansante. — Petits tourments qu'elle y éprouve. — Ce
que c'est que la fin d'un bal. — Le déjeûner de famille.

— Contraste du maintien des deux sœurs. — Thérèse, consultée sur ses impressions, répond d'une manière un peu trop franche. — Sa mère en est blessée et s'en irrite. — Pleurs de Thérèse. — Son père s'en aperçoit. — Scène entre monsieur et madame Gonzalès. — Thé- rèse intervient et parvient à calmer ses parents, mais n'obtient aucune concession de sa mère. 174

CHAP. III. Thérèse se retire dans sa chambre dans un état voisin du désespoir. — Voyant sa mère et sa sœur s'éloigner de la maison, elle en profite pour aller à l'église. — Le bon curé l'apaise, la console et lui donne de paternels avis. — Elle en profite et se montre chaque jour plus douce et plus aimable. — Calixte, au con- traire, se plaint de la fin des plaisirs et en témoigne beaucoup d'humeur. — Projet de retour à la campagne. — Sinistre. — Ruine des Gonzalès. — Madame Gonzalès tombe dangereusement malade. — Sa guérison miracu- leuse. — Thérèse donne des leçons. — Départ pour Betharram. 185

CHAP. IV. Description du bourg de l'Estelle. — Notre-

Dame de Betharram. — Origine de ce pèlerinage. — Récit du Père gardien. — Thérèse lui remet le procès-verbal de la guérison de sa mère.   197

CHAP. V. Départ de Madame Gonzalès. — Heureux changement de Calixte. — Matinée musicale. — Visite de madame de Fertugeac chez les Gonzalès. — Son fils la prie de demander pour lui la main de Calixte. — Acceptation. — Mariage d'Ernest et de Calixte.   207

CHAP. VI. Mort de M. Gonzalès. — Ernest de Fertugeac achète la petite terre des Gonzalès. — Il y bâtit la villa Fertugeac. — Thérèse songe à quitter sa mère. — Douleur de madame Gonzalès. — Le curé la décide à faire son sacrifice au Seigneur. — Adieux de Thérèse. — Son départ. — Son voyage. — Son arrivée. — Son entrée au couvent. — Son noviciat. — Sa prise d'habits. — La mère Thérèse, maîtresse de classe, protége Amélie et lui donne de sages avis pour se conduire dans le monde. — Fin du *Manuscrit Bleu*.   212

DERNIÈRE PARTIE.

Charles Duvergne arrive à Paris et trouve le marquis de L.
en proie à une muette douleur. — Il écrit à Joséphine
de venir le rejoindre. — Hésitation de celle-ci. — Elle
se décide et annonce cette nouvelle à sa mère. — Emportement de celle-ci. — Madame Vaudret. — Joséphine obtient enfin son consentement et quitte Belmont.   225

LETTRE PREMIÈRE. Madame Duvergne arrive à Paris. — Sa
présence ne cause à Emmanuel aucune émotion. —
Elle va visiter la tombe de son amie, puis se dispose
à partir.   228

LETTRE II. Arrivée et départ de Châlons. — Bords enchanteurs de la Saône. — Visite des principaux monuments.
Notre-Dame de Fourvières. — Les Brotteaux. — La
place Belcour. — Avignon, le palais des papes. — Marseille, coup-d'œil sur cette ville.   254

LETTRE III. Départ de Marseille. — Un mot sur Nice. —

Gênes. — Son admirable aspect. — Ses belles églises. — Ses somptueux palais. — Rues étroites et malsaines. — L'île l'Elbe. — Civita-Vecchia. — Son bagne. — Réflexions — Bonheur de Joséphine d'arriver à Rome. 240

Lettre IV. Arrivée à Rome. — La basilique de Saint-Pierre. — L'obélisque. — Le Vatican. — Réflexions. — Emmanuel visite Saint-Pierre. — Chapelle de la Madone. — Ressemblance frappante de la figure de la Vierge avec Amélie. — Saisissement. — Transports d'Emmanuel. — Il s'évanouit entre les bras de Charles. — Son retour à l'hôtel. — Promesse d'être à Dieu pour jamais. — Émotions. — Larmes. — Bonheur de lui voir donner des marques d'une sensibilité que l'on croyait à jamais éteinte en lui. 246

Lettre V. Les catacombes. — Descriptions. — Impressions. 260

Lettre VI. Le Colisée. — Clément X arrête sa démolition en y faisant construire quatorze autels servant à marquer les stations du Chemin de la Croix. — Confrérie de la Miséricorde fondée à Milan. — Confrérie de la

Mort et de la Prière. — Sublimité de ces différentes institutions.   265

LETTRE VII. Inquiétudes de Joséphine sur la santé de sa mère. — Elle se décide à quitter Rome et à retourner en France.   271

CONCLUSION. Arrivée de M. et de Mme Duvergne à Belmont. — Scène de famille. — Bonheur de se retrouver. — Madame Vaudret raconte sa maladie et dit comment elle a compris la nécessité de servir et d'aimer Dieu. — Charles et Joséphine lui promettent de ne plus la quitter.   274

ARTICLE du *Diario*. Le marquis de L. fonde une chapelle et une maison de charité. — Il se retire au couvent des Chartreux dont il embrasse la règle, sous le nom de Frère Joseph.   277

FIN DE LA TABLE.

Lille. Imp. de L. Lefort. 1848.

A la même Librairie :

BIBLIOTHÈQUE
INSTRUCTIVE ET ÉDIFIANTE,
21 volumes in-12.

Anecdotes chrétiennes, 2 vol.
Bible de famille.
Découvertes les plus célèbres.
Emploi (l') des jeunes Demoiselles, 1 vol.
La France chrétienne.
Histoire de Christophe Colomb.
Histoire de Pierre d'Aubusson.
Histoire des plus célèbres Marins.
Histoire de Théodose-le-Grand.
Histoire de Turenne.
Histoire du chevalier Bayard.
Histoire du Cardinal de Bérulle.
Histoires édifiantes et curieuses.
Marie, ou la vertueuse ouvrière.
Modèles de perfection chrétienne.
Nouvelle Morale en action.
Petit Carême de Massillon.
Vie de M. de la Motte.
Vies de S. Bernard, de S. Dominique etc.

BIBLIOTHÈQUE
HISTORIQUE ET MORALE,

www.ingramcontent.com/pod-product-compliance
Lightning Source LLC
Chambersburg PA
CBHW071804020726
47502CB00004B/1001